9,50

DistelLiteraturVerlag

Jean-Patrick Manchette, geboren 1942 in Marseille, liebte Jazz, Kino und Literatur. Entsprechend virtuos wußte er Bilder aus Alltag, Abenteuer und Sozialkritik mit den Klängen eines großen *roman noir* zu verbinden. Durch seinen erzählerischen Reduktionismus, knappe Dialoge, kurze Sätze, und hintergründigen Humor hat Manchette – an die Tradition von Raymond Chandler und Dashiell Hammett anküpfend – eine moderne, auf Europa zugeschnittene Form des amerikanischen «hard-boiled» Krimis gefunden. Manchette gilt als Begründer des neueren sozialkritischen französischen Kriminalromans, des sogenannten *néo-polar*. Er arbeitete als Drehbuchautor und veröffentlichte u. a. zehn Kriminalromane, von denen die meisten verfilmt wurden, so «Nada» von Claude Chabrol, «Morgue pleine» («Volles Leichenhaus») von Jacques Bral und «Que d'os!» («Knüppeldick») von und mit Alain Delon.
1995 starb Manchette im Alter von nur 52 Jahren in Paris. Er wurde zur Leitfigur für eine neue Generation von Krimiautoren in Frankreich.

Jean-Patrick Manchette

Fatal

Aus dem Französischen
von Christina Mansfeld

DistelLiteraturVerlag

Deutsche Ausgabe

Sonnengasse 11, 74072 Heilbronn
Die Originalausgabe erschien 1977
unter dem Titel «Fatale» bei Éditions Gallimard (Paris)

Lektorat: Gudrun Gründken
Umschlagentwurf: Jürgen Knauer, Heilbronn,
Druck und Bindung: Fritz Steinmeier, Nördlingen
ISBN 3-923208-47-2

À ma bien-aimée

1

Die Jäger waren zu sechst. Es waren überwiegend Männer so um die fünfzig oder älter, sowie zwei junge mit spöttischem Gesichtsausdruck. Sie trugen karierte Hemden, Lammfellwesten, wasserdichte khakifarbene Umhänge, mehr oder weniger hohe Schaftstiefel und Schirmmützen. Einer der beiden jungen Typen war mager, und auch einer der Fünfzigjährigen, ein Apotheker mit Brille, mit weißem Haar und Bürstenschnitt, war ziemlich schlank. Die anderen Jäger waren dickbäuchig und sanguinisch, vor allem Roucart. Sie hatten doppel- und dreiläufige, mit feinem Schrot geladene Flinten, denn man jagte Federwild. Sie führten drei Hunde mit, zwei Bracken und einen Gordon Setter. Irgendwo nordöstlich mußten noch andere Jäger sein, denn einen oder anderthalb Kilometer entfernt fiel ein Schuß, dann ein zweiter.

Die Männer hatten das Ende der feuchten Heide erreicht. Sie liefen noch etwa zehn Meter an jungen, kaum mannshohen Birken vorbei, dann kam auch schon Wald mit großen, rauschenden Bäumen, vor allem Birken und Pappeln, und Unterholz. Die Gruppe ging jetzt nicht mehr so dicht. Überall waren Pfützen. Aus nordöstlicher Richtung war von fern wieder das dumpfe Ballern von vier oder fünf Gewehrschüssen zu hören. Etwas später hielt man bewußt großen Abstand voneinander. Seit drei Stunden waren sie auf der Jagd und hatten noch nichts erlegt. Sie waren frustriert und schlechtgelaunt.

Irgendwann stieg Roucart in eine schmale, feuchte Schlucht, in der viel verrottetes Laub lag. Er hatte einige Mühe beim Hinuntersteigen, weil ihn sein dicker Wanst nach vorn zog: er mußte sich ständig mit den Hacken abstemmen und den Kopf dabei nach hinten strecken. Sein Kopf hatte die Form einer Birne, lief nach oben hin spitz zu, sein kahler, roter Schädel war mit einer grünbraun gescheckten Mütze bedeckt, wie sie Spezialeinheiten tragen. Roucart hatte ein gerötetes Gesicht, strahlendblaue Augen, weiße Augenbrauen, eine kurze Stupsnase mit großen Nasenlöchern und weißen Haaren darin. Unten in der Schlucht machte er halt, um zu verschnaufen. Er stellte seine Flinte an einen Baum und lehnte sich mit dem Rücken an den Stamm. Mechanisch tastete er in seiner Brusttasche nach einer Zigarette, dann erinnerte er sich, daß er vor drei Wochen mit dem Rauchen aufgehört hatte und ließ die Hand wieder sinken. Er war enttäuscht.

Plötzlich krachte weniger als hundert Meter entfernt ein Gewehrschuß, gleich danach bellte ein schlecht abgerichteter Hund kurz auf. Roucart hatte keinen Hund. Er blieb mit seinem dicken Hintern an dem Baum kleben, streckte seinen Oberkörper vor und lauschte aufmerksam, mit halboffenem Mund in die Richtung, aus der der Knall gekommen war. Doch er hörte nur das Rauschen der Blätter, und daß hinter ihm jemand in die Schlucht kam. Schwerfällig drehte er den Kopf und sah die junge Frau, die vier Schritte von ihm entfernt reglos unten am Hang stand. Sie war zierlich, trug einen langen, hellbraunen Wachstuchmantel, Pataugas-Schuhe und einen runden Regenhut auf dem langen braunen Haar. Über ihrer Schulter hing eine 16er-Flinte.

«Donnerwetter, wen haben wir denn da? Das ist doch Melanie Horst!» rief Roucart, nahm schleunigst seinen Hintern vom Baum und zog den Bauch ein. «Das ist aber eine Überraschung! Wie ist das möglich? Ich dachte, Sie hätten uns für immer verlassen, mein liebes Kind...»

Sie lächelte andeutungsweise. Sie mochte etwa dreißig oder fünfunddreißig Jahre alt sein und hatte braune Augen und feine Gesichtszüge. Durch ihr angedeutetes Lächeln waren ihre kleinen regelmäßigen Zähne ein wenig zu sehen. Roucart ging auf sie zu und nannte die junge Frau mit väterlicher Stimme sein liebes Kind, während er mit seinen großen blauen Augen unablässig an den Konturen ihres schlanken Körpers entlangfuhr. Er war äußerst verwundert, sie hier zu treffen, wo sie doch nie auf die Jagd ging und sich zudem gestern nachmittag von allen verabschiedet hatte und mit dem Taxi zum Bahnhof gefahren war.

«Ist das eine Überraschung, so eine Überraschung aber auch!» rief er aus, da nahm sie die 16er-Flinte in die Hand, richtete sie auf ihn, und noch bevor er aufgehört hatte zu lächeln, schoß sie ihm aus beiden Läufen die volle Ladung in den Bauch.

Dann lag er auf dem Rücken im verrotteten Laub am Abhang. Sein Rumpf war durchlöchert, sein khakifarbener Umhang hatte sich bei dem Sturz bis zum Kinn hochgeschoben und sein kariertes Hemd war ihm halb aus der Hose gerutscht. Roucarts kahler Kopf hing nach vorn, seitlich verdreht mit der Wange im Dreck, Augen und Mund standen offen, seine Mütze lag verkehrt herum auf dem Boden. Speichel glänzte in dem Mund des Mannes, seine Lider zuckten kurz, dann starb er. In der Ferne waren ganz schwach drei Schüsse zu hören. Die junge Frau ging weg.

2

Es war Nacht, als sie den Bahnhof betrat. Sie hatte ihren doppelten Wachstuchmantel gewendet und trug nun die hellbraune Seite nach innen, die weiße nach außen. Um ihr braunes Haar hatte sie ein rotes Tuch gebunden, das Gestell ihrer großen Brille war schwarzweiß kariert. Den Mund hatte sich die junge Frau jetzt scharlachrot geschminkt. Es waren nicht viele Leute auf dem Bahnhof. Eine arabische Familie mit drei Kindern wartete auf einer Bank und schälte Orangen. Lampenwärter mit Ölkännchen am Gürtel kamen vorbei. Die junge Frau ging zu den Gepäckschließfächern. An einem Ende der Reihe öffnete sie eine Tür und zog ein flaches schwarzes Köfferchen und eine große Ledertasche heraus. Dann begab sie sich zum anderen Ende der Reihe und öffnete ein anderes Fach. Darin lag eine grüne Aktenmappe aus Kunstleder, deren Reißverschluß über drei Seiten lief. Die Frau zog ihn etwa zwanzig

Zentimeter weit auf und warf einen kurzen Blick in die Mappe. Sie war ausgebeult und verzogen, weil so viel hineingestopft worden war. Sie hob den Kopf und machte die Aktenmappe wieder zu. Mit ihren drei Gepäckstücken setzte sie sich in eine Ecke der Halle und rauchte zwei Celtique.

Nach etwa zehn oder zwölf Minuten fuhr ein königsblauer Luxuszug in den Bahnhof ein. Da war die junge Frau schon auf dem Weg zur Unterführung. Als der Zug hielt, trat sie hinaus auf den Bahnsteig. Sie ging etwa fünfzig Meter am Zug entlang und prüfte die Wagennummern. Sie fand ihren Schlafwagen. Ein Angestellter der Bahn empfing sie auf dem Bahnsteig, nahm ihren Fahrschein, die Tasche und den flachen Koffer. Sie hatte die pralle Aktenmappe unter den linken Arm geklemmt und hielt sie gleichzeitig noch mit der rechten Hand vorn fest, während sie in den Wagen einstieg und zu ihrem Einzelabteil ging. Der Angestellte der Bahn verstaute das Gepäck. Er sagte der jungen Frau, man wäre morgen früh um 8 Uhr in Bléville und fragte, wann sie geweckt werden wolle. Um 7 Uhr, sagte sie. Lächelnd fragte sie den Mann, ob es ihm möglich wäre, die Vorschrift zu umgehen und ihr ein Essen ins Abteil zu bringen, und zählte auf, was es sein sollte. Der Angestellte sagte zunächst nein, konnte dann aber ihrem bezaubernden Lächeln und dem einmal gefalteten 50-Franc-Schein, den sie ihm zwischen zwei Fingern hinhielt, nicht widerstehen. Sie ließ dabei die Aktenmappe, die sie auf den schon vorbereiteten Schlafplatz gelegt hatte, so gut wie nicht aus den Augen.

Als der Angestellte nach einer Weile mit den bestellten Sachen zurückkam, brannte nur noch die Leselampe, und die junge Frau war fast nackt. Sie trug ein tief in der Stirn verknotetes Handtuch wie einen Turban auf dem Kopf, und um den Körper hatte sie sich unterhalb der Achseln ein anderes ziemlich großes Handtuch gewickelt, das wie das Tuch einer Afrikanerin Arme und Schultern freiließ und ihr bis zu den Knöcheln reichte. Der Angestellte stellte das Essen auf das Tischchen, entkorkte dann eine der beiden Champagnerflaschen, setzte die beiden versilberten Kübel auf den Boden und sagte, daß sie ihn am besten rufen solle, wenn sie das Bedürfnis danach verspüre, auch die andere zu entkorken. Nachdem die junge Frau ihre Mahlzeit mit Scheinen aus ihrer schwarzen Boxcalfbrieftasche bezahlt hatte, zog er sich schließlich schnell zurück.

Seit etwa fünfzehn Minuten fuhr der Zug wieder, erreichte oft sogar eine Geschwindigkeit von fast hundertachtzig Stundenkilometern. Nachdem der Angestellte gegangen war, schaltete die junge Frau wieder alle Lichtquellen des Abteils an. Sie nahm das Handtuch vom Kopf und ihre nassen, gelb- und schwarzgefleckten Haare kamen zum Vorschein. Das kleine Handtuch war voller schwarzer Farbe. Über dem Waschbecken wusch sich die junge Frau das restliche Schwarz aus dem Haar. Aus der großen Reisetasche nahm sie einen kleinen Fön. Zuvor hatte sie einen batteriebetriebenen amerikanischen Apparat mit zwanzig aufgesteckten heizbaren amerikanischen Lockenwicklern auf den Boden gestellt. Sie stöpselte den Stecker des Föns in die Steckdose am Waschbecken und trocknete ihre Haare. Durch eine umkehrbare chemische Reaktion wurde die rote Mittelachse der heizbaren Lockenwickler schwarz, ein Zeichen dafür, daß sie die richtige Gebrauchstemperatur erreicht hatten. Die blonde junge Frau nahm das große Handtuch ab, um sich besser bewegen zu können. Sie drehte sich die zwanzig Lockenwickler ins Haar. Dann zog sie den Rand des heruntergelassenen Fenstervorhangs ein wenig zur Seite. Schemenhaft sah sie die Nacht vorbeiziehen und in der Nacht Flecken von geballtem Schwarz, das waren Baumgruppen oder Gebäude. Ab und an waren Lichter in der Ferne zu sehen. Manchmal huschte ganz nah ein beleuchtetes Fenster vorbei. Sie ließ den Vorhang los und setzte sich an das Tischchen. Mit ausgestrecktem Arm griff sie nach der Aktenmappe, legte sie auf ihre Knie und machte sie ganz auf. Sorgfältig zählte sie die Fünfhundert- und Hundert-Franc-Scheine, die sich darin befanden. Manchmal fiel ihr einer auf den Boden, dann beugte sie sich vor, und ihre Brustwarzen rieben an dem Geld auf ihren Knien, während sie den hinuntergefallenen Schein aufhob. Insgesamt waren etwa 25000 oder 30000 Franc in der Mappe; die junge Frau packte die Geldscheine zurück und schloß die Aktenmappe wieder. Sie stellte sie auf den Boden an die Wand.

Dann nahm sie den Warmhaltedeckel vom Teller, und die Sauerkrautplatte kam zum Vorschein. Die junge Frau begann, Kraut, Wurst und Speck in sich hineinzustopfen. Sie kaute große Happen, schnell und geräuschvoll. Saft lief ihr aus den Mundwinkeln. Zuweilen rutschte ihr etwas Sauerkraut von der Gabel oder aus dem Mund, fiel hinunter oder blieb an ihrer Unterlippe oder am Kinn hängen. Während des Kauens waren die Zähne der jungen Frau zu sehen, denn sie zog ihre Lippen zurück. Sie trank Champagner. Die erste Flasche war schnell leer. Als sie die zweite entkorkte, stach sie sich mit dem Draht in den Daumenballen, und ein wenig scharlachrotes Blut perlte hervor. Sie gluckste, denn sie war schon betrunken, sie lutschte an ihrem Daumen und schluckte das Blut herunter.

Sie aß und trank weiter und geriet immer mehr außer sich. Sie beugte sich kauend vor, öffnete die Aktenmappe, griff sich mit beiden Händen Geldscheine und rieb sie an ihrem verschwitzten Bauch und an ihrer Brust, ihren Achseln, ihrem Schritt und in den Kniekehlen. Tränen rannen über ihre Wangen, während sie gleichzeitig lautlos lachte und weiterkaute. Sie beugte den Kopf, um an dem lauwarmen Sauerkraut zu riechen, rieb die Geldscheine an ihren Lippen und Zähnen, hob das Champagnerglas hoch und tauchte ihre Nasenspitze in den Champagner. In dem Luxusabteil des Luxuszuges hatte sie nun alles gleichzeitig in der Nase: den luxuriösen Duft von Champagner, den schmutzigen Geruch der schmutzigen Scheine und die schmutzige Ausdünstung des Sauerkrauts, das wie Pisse oder Sperma roch.

Bei der Ankunft um 8 Uhr in Bléville hatte sie jedoch ihre gewohnte Selbstbeherrschung völlig wiedererlangt.

3

Als die junge Frau in Bléville aus dem Zug stieg, war sie blond und kraushaarig. Sie trug rehbraune hohe Lederstiefel mit sehr hohen Absätzen, einen dunkelbraunen Tweedrock, eine beigefarbene Seidenbluse und einen geradegeschnittenen Dreiviertelmantel aus rehbraunem Leder. An der rechten Hand hatte sie zwei alte Ringe mit ziemlich wertlosen Steinen in Fassungen aus angelaufenem Silber, an der linken Hand einen Ehering aus Weißgold, am linken Handgelenk eine kleine quadratische Cartier mit Lederarmband. Sie rief einen Träger und gab ihm ihre große Reisetasche und ihren kleinen flachen Koffer. Die grüne Aktenmappe hatte sie nicht mehr, aber eine große Tasche aus breiten verflochtenen beigefarbenen und dunkelbraunen Lederstreifen. Als sie durch die Bahnhofshalle ging, sah sie zu den Gepäckschließfächern. Es waren ziemlich viele.

Vor dem Bahnhof gab die junge Frau dem Träger zwei Franc und stieg in ein Taxi, einen Peugeot 403.

Sie ließ sich zur *Résidence des Goélands* fahren. Auf der Fahrt fror sie und drehte das Fenster auf ihrer Seite hoch, denn vom Meer wehte ein feuchter, kalter Wind.

Für ihren Aufenthalt in Bléville hatte sie sich den Namen Aimée Joubert ausgesucht, und so werde ich sie von jetzt an auch nennen. In der *Résidence des Goélands* war eine Reservierung für Aimée Joubert vorgemerkt. Das junge Mädchen an der Rezeption, fast noch ein Kind, im kritischen Alter mit Akne und nachdenklichen, bösartigen Augen, sah in einem Verzeichnis nach, gab dann Aimée die Schlüssel und nannte ihr die Etage und die Nummer des Appartements.

«Sie haben zwei Schlüssel, sehen Sie», sagte sie und zeigte sie Aimée. «Der hier ist für die Eingangstür. Die ist ab 10 Uhr abends zugeschlossen. Wir bitten unsere Mieter, nach 10 Uhr abends möglichst keinen Krach zu machen. Außerhalb der Saison haben wir nämlich vor allem ältere Leute, die wollen ihre Ruhe.»

«Sehr gut, ja», sagte Aimée. «Ich will auch meine Ruhe.»

Das junge Mädchen begleitete sie nicht. Aimée trug ihr Gepäck bis an das hintere Ende der Halle, nahm den Fahrstuhl und ging zu ihrem Appartement in der dritten Etage. Ein ziemlich hübsches, etwa zwanzig Quadratmeter großes Zimmer, dazu ein breiter Balkon und eine Kochnische. Eine Art Falttür trennte die Küche vom eigentlichen Appartement. Es gab noch ein enges Bad mit einer langen Badewanne und spinatgrünen Terrakottafliesen an den Wänden. Im Appartement: ein Doppelbett mit einer Tagesdecke in leuchtendrot gehaltenem Schottenkaro, ein Nachttischchen mit Telefon, ein Teakholz-Einbauschrank, zwei blaue Samtsessel, ein Teakholz-Schreibtisch mit Kupfergriffen an den sechs großen Schubfächern und ein Teakholz-Stuhl. Die Wände waren weiß, der Teppichboden anthrazitfarben. An drei Wänden hingen jeweils in der Mitte englische Drucke von britischen Linienschiffen aus dem 18. Jahrhundert. An dem großen Glasfenster, das die gesamte Frontfläche des Zimmers einnahm, stand ein kleiner Ducretet-Thomson-Fernseher in der Ecke auf dem Boden, auf dem breiten Balkon zwei Gartenstühle und ein runder Gartentisch aus weißgestrichenem Gußeisen. Vom Balkon aus sah man auf die Promenade, eine Esplanade mit welkem Rasen, durch die eine schmutzigrosa Straße führte, und auf das stürmische, graugrüne Meer. Insgesamt ganz annehmbar.

Aimée packte aus und räumte die Kleidung und die anderen Sachen in den Schrank, auch den Apparat, um Schlüssel anzufertigen, das Gerät zum Kräftigen der Handmuskeln und die Expander. Es hatte alles genügend Platz im Kleiderschrank. Die junge Frau ließ sich ein Bad ein. Während das Wasser lief, schaltete sie den Fernseher an, doch es wurde nichts gesendet. Sie schaltete das Gerät wieder aus und nahm sich einen Reiseführer *Bléville und Umge-*

bung und eine durchsichtige Plastik-Rüschenhaube mit Streublümchenmuster. Sie zog die Haube über ihr Haar und setzte sich mit dem Buch in die Wanne. Sie schlug das Buch irgendwo auf und las folgendes: *Ein Wal galt in dieser chiliastischen Zeit als ein Vorzeichen für das Weltende.* (Aimée bewegte beim Lesen leicht die Lippen. Sie übersprang mehrere Zeilen im Text. Außerdem kannte sie das Buch schon seit einiger Zeit.) *Doch erst mit dem Aufschwung der Übersee-Schiffahrt gelangte die Stadt zu wirklichem Reichtum. Ihre Bewohner zeichneten sich aus im Kampf gegen die Engländer, dann gegen die Portugiesen und liefen die Ufer Kanadas und des Malaiischen Archipels an. Unter Louis XIV. wurden in Bléville die Wurzeln des Wohlstands durch Handel und Kaperei gelegt. Nachdem es im 19. Jahrhundert seine Stellung als bedeutender Warenumschlagplatz eingebüßt hatte, dauerte es bis in die sechziger Jahre unseres Jahrhunderts, bis die Stadt einen neuen Boom erleben konnte. Da siedeln sich Chemie und Lebensmittelindustrie im Tal an, und immer mehr Arbeitervorstädte entstehen. Heute kann Bléville mit Stolz sagen* (Hier hörte Aimée auf zu lesen. Die Seite war mit einem Druck illustriert, der die Mole und den Leuchtturm zeigte, beides hatte man vom Balkon des Appartements aus rechts im Blick).

Nach dem Bad wusch die junge Frau ihre Strumpfhose, ihren Slip und ihren BH im Waschbecken mit Seife und hängte anschließend alles zum

Trocknen über den verchromten Handtuchhalter. Sie schlüpfte wieder in die Sachen, die sie bei ihrer Ankunft getragen hatte, zog lediglich noch einen braunen Pullover mit rundem Ausschnitt über ihre Seidenbluse. Sie verließ das Appartement, steckte die Schlüssel in ihre Tasche und fuhr nach unten.

Die Straßen von Bléville trugen Namen wie Surcouf, Jean Bart, Duguay-Trouin oder Turgot, Adolphe Thiers, Lyautey, Charles de Gaulle. Aimée durchstreifte den Ort, schaute manchmal in ihren Reiseführer, um festzustellen, wie gut sie sich schon in der Stadt zurechtfand. Übrigens interessierte sich die junge Frau fast nur für die vom Bürgertum bewohnte Altstadt am linken Flußufer, weit weg vom Hafen, seinen Gäßchen und seinen Kneipen mit Muscheln, Fritten, Nutten und Matrosen. Hinter dem reichen Viertel sind schnellstraßenähnliche Zufahrten und grüne Rasenflächen angelegt und mit abstrakten Fresken geschmückte neue Verwaltungsgebäude errichtet. Am rechten Flußufer ziehen sich zahlreiche mit Fernsehantennen gespickte, cremefarbig verputzte und ziegelgedeckte Quaderhäuschen den Hang hinauf, dazwischen die klotzigen Supermärkte Radar, Carrefour oder Mammouth. Weiter östlich, im Hinterland, stehen Raffinerien und ein Komplex, wo auf ein und demselben Gelände Fischkonserven, Babynahrung und Tierfutter hergestellt werden, aber unter jeweils anderem Firmennamen, um die Kunden nicht abzuschrecken.

Aimée lief nicht nach Osten. Eigentlich ging sie,

nachdem sie die asphaltierten beweglichen Brücken, die den Außen- vom Innenhafen trennten, überquert hatte, nur einige Schritte am rechten Ufer entlang. Die Armen, die Arbeiter oder ihre Wohnviertel interessierten Aimée nicht. Die Reichen interessierten sie, und sie ging nur dahin, wo Geld war. Sie machte kehrt und lief wieder über die Brücken zurück. In einem Zeitschriftenladen kaufte sie alle französischen Zeitungen mit ausführlichen «Vermischten Nachrichten» und zwei Lokalblätter, die *Dépêche de Bléville* und die *Informations blévilloises*. Sie blätterte die Pariser Zeitungen durch und fand nicht, was sie suchte. Sie blätterte die beiden Lokalblätter durch. Das eine vertrat eine links-kapitalistische Ideologie, das andere eine kapitalistisch-linke Ideologie. In dem einen wie dem anderen war die Rede von Schiffsverkehr, Gemeindefesten, Bouleturnieren, kleinen Auto- oder Mofaunfällen, Viehmärkten und Getreidepreisen. In der *Dépêche* empörte sich ein gewisser Doktor Claude Sinistrat in der Rubrik «Freie Aussprache» über die Verschmutzung des Tals durch das Unternehmen L & L. Für den späten Nachmittag wurde die Einweihung einer neuen Fischhalle angekündigt. Aimée stand vor dem Zeitschriftenladen, strich sich die Namen örtlicher Honoratioren an und lernte sie auswendig. Dann warf sie die Lokalblätter und die Pariser Zeitungen in einen giftgrünen Papierkorb mit der Aufschrift: HALTET EURE STADT SAUBER!

Die junge Frau ging dann in den Südosten der

Altstadt. Unterwegs kaufte sie ein teures solide gebautes Raleigh-Tourenrad, mit dem sie bequem und sicher die Strecken zurücklegen konnte, die sie vor sich hatte. Auf ihrem Rad fuhr sie ans Ende der Altstadt zu einem Notariat, bei dem sie sich einen Monat zuvor unter ihrem jetzigen Namen angemeldet hatte.

Maître Lindquist war groß und schlank, hatte große trockene Hände, große Ohren, hellblaue Augen und keine Haare mehr auf dem länglichen, roastbeefroten Kopf. Er trug einen schwarzen Dreiteiler, ein weißes Baumwollhemd und dazu eine mit einem winzigen rot-goldenen Wappen verzierte, giftgrüne Krawatte.

«Es tut mir so unendlich leid», beteuerte er, als Aimée Gelegenheit gefunden hatte, ihm zu erklären, daß ihr Mann verstorben war. «Ich bin auch Witwer, ich weiß, wie Ihnen zumute ist.» (Er breitete die Hände aus und nickte mit geneigtem Kopf.) «Und Sie denken daran, sich in Bléville niederzulassen, suchen Ruhe, ja natürlich. Ich wüßte nicht, warum das nicht auch möglich sein sollte.« (Er deutete ein Lächeln an.)

«Ich auch nicht», sagte Aimée.

Lindquist sah sie verstört an, zögerte, lächelte, hüstelte und meinte dann:

«Sie haben keine Kinder, das Problem mit dem Gymnasium oder der Schule stellt sich also nicht. Wir werden für Sie bestimmt hier in der Nähe ein Haus finden, am Meer... Es gibt aber auch bezaubernde Dörfer in der Umgebung, wissen Sie... Oder in der Stadt. Es hängt ganz davon ab, was Sie ausgeben möchten.»

«Das spielt keine Rolle», sagte Aimée. «Zumindest diese Sorge habe ich nicht. Es muß nur das richtige sein.»

«Ja, ja.» (Der Notar lebte sichtlich auf.)

«Und zum richtigen Preis.»

«Sicher! Sicher!» meinte der Mann, wackelte dabei mit dem Kopf und lebte noch weiter auf, denn er sah es gern, daß Geldangelegenheiten mit dem nötigen Ernst behandelt wurden.

Aimée sagte auch, daß sie mindestens vier Zimmer haben wolle und etwas Land, wegen der Ruhe, aber ganz abgeschieden wolle sie nicht leben. Sie sei seit dem Tod ihres lieben Mannes allein gewesen, das müsse nun aufhören.

«Sicher! Sicher!» rief der Notar wieder, nunmehr begeistert.

«Es ist vielleicht traurig, aber menschlich», sagte Aimée; «Gegenwärtig habe ich das Bedürfnis, wieder am Leben teilzunehmen. Die Beziehungen zu meinen Mitmenschen wiederaufzunehmen, Freunde zu finden.»

«Liebe Madame Joubert!» rief Lindquist, «Freunde werden Sie finden, dessen bin ich mir sicher!» (Der Notar wandte seinen Blick von dem entblößten Knie Aimées ab.) «Hier herrscht ein reges Leben», erklärte der Mann. «Es gibt...» (Er zögerte.) «Es gibt die Märkte, das Casino, es gibt... Es ist halt belebt!» (Einen Moment schien es so, als wäre er müde. Plötzlich spannten sich seine Gesichtszüge wieder.) «Heute weihen wir sogar die neue Fischhalle ein!» rief der Notar.

«Großartig», sagte Aimée. «Stört es Sie, wenn ich in Ihrer Kanzlei rauche?»

«Keineswegs! Warten Sie, hier, möchten Sie …?»

«Danke, ich rauche nur helle», beteuerte Aimée, zog ein Päckchen aus ihrer Tasche und steckte sich eine Dunhill-Zigarette zwischen die Lippen.

Und der Notar dachte, was für ein bezauberndes Persönchen, so zerbrechlich, so fraulich, und er erhob sich, beugte sich über den Schreibtisch, stöhnte unwillkürlich auf, als sich seine Muskeln spannten; und zündete Aimées Zigarette mit einem silbernen Tischfeuerzeug an, das einer antiken Urne nachgebildet war.

«Ich sollte nicht rauchen, es ist ein Laster», meinte Aimée, «aber Sie wissen ja, wie es so schön heißt: Wenn wir nicht das eine Laster haben, dann haben wir halt irgendein anderes.»

«Ach was? Ach was? Heißt es so? Das ist ja wirklich amüsant. Und es stimmt genau!» rief Lindquist und lächelte verstört.

Um es kurz zu machen: Nachdem sie die Akten von verschiedenen, in der näheren Umgebung zum Kauf angebotenen Häusern durchgesehen und vereinbart hatten, bereits am nächsten Tag eines zu besichtigen, legte der Notar Aimée eindringlich nahe, doch später gleich an der Einweihung der neuen

Fischhalle teilzunehmen. Anschließend würde es einen Cocktail geben. Lindquist würde Aimée mit der Elite von Bléville bekanntmachen.

«Maître», sagte Aimée lächelnd, «da scheine ich ja genau den Richtigen getroffen zu haben.»

4

Nachdem Aimée das Notariat verlassen hatte, fuhr sie auf ihrem Raleigh-Rad zurück zu ihrem Appartement, die Straßen hießen Kennedy, Churchill, Wilson, und andere Magellan, Jacques Cartier, Bougainville. Unterwegs hielt sie zweimal an, vor einer Apotheke, um sich auf der automatischen Waage zu wiegen, und an einer Buchhandlung, in der sie einen Krimi kaufte. Mit Sachen wog Aimée 46,7 Kilo. Sie war 1,61 Meter groß, ohne Absätze. An der automatischen Waage stand auf einem Emailschild: HALTET EURE STADT SAUBER!

Als Aimée zu ihrem Appartement zurückkam, war auf ihrem Etagenflur zwanzig Meter weiter eine Tür einen Spalt breit offen; im Türrahmen tauchte eine kleine, mit Schmuck behängte Alte auf, beäugte sie neugierig und verschwand, als Aimée von innen den Schlüssel herumdrehte.

Im Appartement schloß die junge Frau die Vorhänge in rotem Schottenkaro und zog sich nackt aus. Fast eine Stunde lang machte sie Gymnastik, stehend und am Boden, und Muskeltraining, vorwiegend mit den Expandern. Sie triefte vor Schweiß. Sie nahm aus ihren Sachen im Schrank eine dicke Korkplatte, legte sie auf das Bett und schlug mit der rechten Handkante, mit der linken Handkante und auch mit den Ellenbogen mehrmals darauf. Nach der Korkplatte nahm sie einen zwanzig Zentimeter hohen und zwölf Zentimeter dicken Polyurethan-Zylinder und setzte sich in Lotoshaltung auf den Boden. Sie entspannte sich einen Moment und knetete dann den Zylinder mehrere Minuten. Dann drückte sie den Gegenstand mit beiden Händen bis auf wenige Zentimeter ganz fest zusammen, sie hielt ihre Muskeln angespannt und bewegte sich nicht; ihre schweißnassen Mundwinkel zuckten nervös. Schließlich räumte sie alles weg und nahm ein Bad.

In der warmen Wanne las sie den neuen Krimi. Sie las zehn Seiten. Dafür brauchte sie sechs oder sieben Minuten. Sie legte das Buch weg, masturbierte, wusch sich und stieg aus dem Wasser. Einen Augenblick betrachtete sie ihren zierlichen attraktiven Körper im Badezimmerspiegel. Danach zog sie sich sorgfältig an, denn sie wollte gefallen.

Um 16 Uhr verließ sie die *Résidence* und kaufte in den Geschäften im Zentrum verschiedene Kleidungsstücke, einfach, hübsch und ziemlich teuer. Dann ging sie zum Freizeit- und Kulturzentrum

Jules-Ferry auf dem neuen Verwaltungsgelände im Osten der Stadt. Dort meldete sie sich für Kurse in Fechten und Fernöstlicher Kampfkunst an. Man sagte ihr, an wen sie sich wenden müsse, um an Golf, Tennis und Reiten und so weiter teilzunehmen. Unermüdlich radelte die junge Frau auf ihrem Raleigh wieder zu ihrem Appartement, legte dort die Pakete mit den Einkäufen ab und ging dann sofort zu Fuß zum Hafen, wo die Einweihung der neuen Fischhalle vor einigen Minuten angefangen hatte.

Der längliche, niedrige Zementbau lag auf einer Art Halbinsel zwischen zwei verschieden großen Hafenbecken. Als Aimée ankam, stand vor der Absperrung eine kleine Menschenansammlung. Aus der Halle drang eintöniges Stimmengewirr, dann wurde geklatscht, und einige der Leute draußen klatschten auch, aber nicht sehr laut und nicht sehr lange. Aimée schlängelte sich zwischen den Gruppen der Herumstehenden durch, die amüsiert oder spöttisch in die Halle sahen. Die Armen standen draußen, und ihr Geruch nach Schweiß und Wein mischte sich mit dem kalten, salzigen und wohltuenden Wind vom Meer.

Die Reichen waren im Gebäude, genaugenommen unter einem riesigen, gewölbten Schutzdach, das den Kai überspannte. Zwei Gendarmen in Handschuhen gähnten in der Nähe des Zugangs zum Gelände. Sie hielten Aimée nicht an, als sie an ihnen vorbei unter das Schutzdach ging. Vor den

Kühlräumen war ein Podest aufgebaut und darauf stand ein mit einer großen grünen Plane bedeckter Tisch. An dem Tisch saßen Männer reiferen Alters mit Dreiteilern, roten Gesichtern und mit Brillantine verkleisterten Haaren. Vor dem Podest stand ein Mann mit gestreifter Hose, blau-weiß-roter Schärpe und kleinem schwarzen Schnurrbart und las stockend eine Rede von vier oder fünf mit Maschine geschriebenen Seiten ab.

«Lassen Sie uns gemeinsam den Anbruch einer neuen Zeit begrüßen!» sagte der Stadtrat. «Ich habe in den Archiven von Bléville geforscht, meine Herren, und ich habe sehr lange geforscht! Denn, liebe Mitbürger, ich mußte sehr weit in die Vergangenheit zurückgehen, um einen ähnlichen Beweis für den Schulterschluß aller Kräfte Blévilles zu finden, der sich im Interesse der Allgemeinheit einer Aufgabe stellt, angesichts derer alle Klassenschranken fallen, weil sie wahrhaft zum Wohle aller beiträgt, und Arbeiter, Unternehmer und den Dienstleistungssektor verschmelzen läßt!»

Aimée gesellte sich zu der spärlichen Zuhörerschaft. Sie ließ ihren Blick kurz über die Gruppen schweifen und entdeckte Lindquist sofort. Sie ging ohne Eile und ohne ihn anzusehen zu ihm. Er hatte sie nicht bemerkt. Es roch nach Eau de Cologne, Tabak, Salz und Zementstaub. Elegante Frauen waren fast keine da. Alle Männer trugen Krawatten, außer drei oder vier Fischhändlern in gebügelten Kitteln und bauschigen Leinenmützen. In einer

Ecke standen etwa zwanzig Arbeiterinnen in gelben Kitteln und kleinen Häubchen, die wie Krankenschwestern oder chinesische Ausgebeutete aussahen. Plötzlich entdeckte Lindquist Aimée. Und winkte ihr gleich. Sie kam zu ihm. Er stellte sie den beiden Ehepaaren vor, mit denen er da war, dem Ehepaar Rougneux und dem Ehepaar Tobie.

«Ich mußte bis in das traurige Jahr 1871 zurückgehen!» sagte der Stadtrat. «1871 sprach sich die Handelskammer von Bléville, deren 100jähriges Bestehen – wie könnte ich das vergessen – genau in das Jahr meines hiesigen Amtsantritts fällt, 1871 also sprach sich die Handelskammer von Bléville begeistert für die Errichtung ...»

«Angenehm, sehr erfreut, sehr erfreut, freut mich, gleichfalls», sagten währenddessen Aimée, die Rougneux und die Tobies, als sich ihre Unterarme überkreuzten, damit sie sich die Hände drücken konnten. «Na, so was Reizendes, Sie spielen Bridge? Endlich mal frisches Blut», ergänzte man in den folgenden Augenblicken.

«... der alten Halle aus, die heute wiederum der neuen weichen muß, worin ich in ebendiesem Augenblick stehe», sagte indessen der Stadtrat.

Den Rougneux gehörte die Buchhandlung, in der Aimée ihren Krimi gekauft hatte. Die Frau war hager und blaß und trug ein violettes Kostüm, mit einer große Goldbrosche am Revers und Zuchtperlen um den Hals. Ihr Mann war stämmig, hatte einen ausrasierten Nacken, einen dicken, walzenförmigen

Kopf mit einem tiefen Haaransatz und große, glasige Augen hinter dicken Brillengläsern. Die Tobies waren Apotheker, beide groß, hager, grau und zurückhaltend freundlich.

«Ah!» sagte Lindquist zu Aimée. «Aber hier haben wir jemanden in Ihrem Alter.» (Und er machte sie mit dem leitenden Angestellten Moutet bekannt, der bestimmt zehn Jahre älter war als Aimée. Er hatte einen roten Schnurrbart, trug einen tabakbraunen Anzug und arbeitete in dem Unternehmen L&L.)

Aimée langweilte sich nicht. Sie lächelte die Leute an und unterhielt sich. Niemand hörte dem Stadtrat auf dem Podest zu, der das «Komitee der Initiative für eine neue Fischhalle» ehrte und erwähnte, wer ihm angehörte, zunächst die Herren Lorque und Lenverguez der Firma Lorque und Lenverguez, sowie die Herren Tobie, Rougneux und Moutet.

«Nicht zu vergessen ihre reizenden Gattinnen», sagte der Stadtrat.

Zehn Meter von der Gruppe entfernt, mit der Aimée plauderte, stand ein etwa dreißigjähriger Mann und beobachtete lächelnd die junge Frau. Er kam zu ihr, immer noch lächelnd.

«Sinistrat», sagte er zu Aimée. «Doktor Claude Sinistrat. Ich stelle mich selbst vor, weil ich weiß, daß dieser alte Hugenotte es nicht tun wird.»

«Also, hören Sie, Sinistrat!» sagte Lindquist.

«Freut mich», sagte Aimée.

Sinistrat war groß und breitschultrig, nicht ohne Charme, hatte kantige Gesten, ein großflächiges, von blonden Locken eingerahmtes Gesicht und regelmäßige Zähne.

«Ich habe Ihren Kommentar in der *Dépêche de Bléville* gesehen», sagte Aimée.

«Der Schlag hat gesessen, was?» (Sinistrat warf sich in die Brust.)

«Sinistrat, Sie sind ein Spitzbube, und ich möchte Sie ausdrücklich darauf hinweisen, daß ...»

Der Notar hielt inne. Er starrte auf etwas, das seine Begleiter nicht sahen, irgendwo in der Menge. Er kniff die Lippen zusammen.

«Scheiße!» rief er, und man war verblüfft, aus seinem Mund einen Fluch zu hören. «Scheiße! Der Bekloppte!»

Daraufhin drehten sich die Rougneux, die Tobies und der leitende Angestellte Moutet um und blickten suchend in die Menge. Unruhe und Abneigung stand ihnen ins Gesicht geschrieben. Aimée drehte sich auch um, zog die Augenbrauen etwas hoch und betrachtete die Menge, sah aber nichts Auffälliges. Sinistrat lächelte. Er zündete sich eine Craven mit einem Zippo-Feuerzeug an.

«Ich sehe nichts», sagte Madame Rougneux.

«Doch!» sagte Lindquist. «Doch! Er war da draußen.»

«Ich sehe ihn nicht.»

«Er ist nicht mehr da. Er ist abgehauen, um das nächste Ding auszuhecken!»

«Ein Skandal ist das», sagte Rougneux. «Ich verstehe nicht, warum man ihn rausgelassen hat. Diese Ärzte sind Idioten. Was für Kliniken!» (Der Mann schnaufte nach jedem Satz. Er war offenbar böse und selbstgefällig.)

«Das sind doch alles nur Drogensüchtige, Linksradikale und Konsorten», sagte Tobie.

«Der muß das nächste Mal sofort in die Irrenanstalt», sagte Madame Tobie.

«Auf mich brauchen Sie jedenfalls nicht zu zählen, wenn Sie ihn wieder einsperren wollen», sagte Sinistrat.

«Guter Mann!» rief Lindquist verärgert und grinste hämisch. «Dann stellen Sie ihm doch gleich noch ein Attest über seine hervorragende geistige Verfassung aus.»

«Ich werde darüber nachdenken.»

«Wovon sprechen Sie?» fragte Aimée.

Lindquist und der Arzt drehten sich beide etwas verdutzt zu ihr um; einen Augenblick lang schwiegen sie.

«Eine belanglose Sache», sagte Lindquist.

«Eine kleine Auseinandersetzung», meinte Sinistrat und machte dazu eine flüchtige Handbewegung.

«Auseinandersetzungen hab ich unheimlich gern», sagte Aimée, doch in diesem Augenblick wurde laut geklatscht, weil der Stadtrat seine Ansprache beendet hatte, und alle gingen auf das Podest zu.

Kurz darauf sprach man über andere Sachen, ließ

die Fischhändler und das Fußvolk mit dem Gratiswein zurück und begab sich zum Cocktailempfang der Hautevolee.

5

«Dieses unverschämte Doktorchen traut sich ja vielleicht was», sagte Lindquist, während sein blaßgrüner Volvo langsam durch die Stadt fuhr. Der Notar saß am Steuer, Aimée daneben. (Der Mann schüttelte den Kopf.) «Zur Einweihung zu kommen!» sagte er. «Und ich wette, zum Cocktail kommt er auch. Er hat bei L&L gearbeitet, wissen Sie. Betriebsarzt oder so was in der Art. Sie mußten ihn entlassen. Und nun geifert er in der Presse.»

«Er sieht sehr frech aus», sagte Aimée sanftmütig.

«Ein verdammter Nihilist», sagte Lindquist. «Er wählt den Trotzkisten Krivine, müssen Sie wissen!»

«Wirklich?»

«Ein Verrückter», erklärte Lindquist bestimmt.

Er parkte den Volvo auf einem dreieckigen Platz, in dessen Mitte ein Springbrunnen stand. An den drei Seiten waren cremefarbene und braune Hausfassaden mit freiliegenden Balken oder aufgemalten freiliegenden Balken, Sprossenfenstern mit kleinen dicken Scheiben, Geranientöpfen oder Blumenkästen auf den Fensterbrettern. Hinter einer der Fassaden befand sich ein Restaurant, das *Grand Café de l'Anglais*, dessen Name in cremefarbenen gotischen Lettern auf braunen Untergrund gemalt war. Hinter einer anderen ein Stadtpalais, dessen Eingangstür weit offenstand. Im Vestibül herrschte ziemlicher Rummel. Ein Paar Bediensteter nahm den Ankommenden Hüte und Mäntel ab. Lindquist und Aimée gingen durch das Vestibül in einen großen Salon voller Menschen. Dort stand auf Holzböcken eine mit einem weißen Tuch gedeckte Tafel mit Platten voller kleiner Kanapees. Hinter der Tafel war ein Kellner in weißer Jacke eifrig um Handreichungen bemüht.

Im Salon befanden sich etwa dreißig Personen, etwas mehr Frauen als Männer. Die Rougneux und die Tobies waren schon angekommen. Gleich nach Aimée und Lindquist kam der leitende Angestellte Moutet mit einer üppigen Brünetten. Sie war seine Frau. Er stellte ihr Aimée vor. Die brünette Christiane Moutet hatte einen kräftigen Händedruck und lächelte wie ein männermordendes Raubtier. Sie war ziemlich schön und fühlte sich anscheinend wohl in ihrer Haut.

«Spielen Sie Bridge?» fragte sie Aimée, und Aimée bejahte. «Endlich! Endlich!» rief die Brünette zufrieden. «Es ist nämlich unmöglich, mal eine Vierte aufzutreiben, die einem nicht die Runde versaut.»

«Aber, aber!» meinte der leitende Angestellte Moutet.

«Verdammt», sagte die Frau. «Entschuldigen Sie meine Ausdrucksweise.»

Aimée lächelte sie an. Über die Schulter der Brünetten hinweg sah sie, daß Doktor Sinistrat gekommen war und gemeinsam mit einer kleinen kurzhaarigen jungen Frau, die Hosen trug, an der Salontür stand. Der Arzt schien nach jemandem in der Menge Ausschau zu halten. Die kleine Frau schien zu kränkeln und sich nicht wohl zu fühlen. Sie hielt zweimal die Hand auf ihr Ohr.

«Ah, da sind ja unsere Gastgeber», sagte Lindquist, als er mit zwei Champagnergläser vom Buffet zurückkam.

Aimée blickte in die Richtung, in die der Notar wies. Am anderen Ende hatte gerade eine Gruppe den Salon durch eine kleine Verbindungstür betreten, zwei Männer nebeneinander, eine Frau hinter ihnen, dann zwei Schritte dahinter noch eine Frau. Sie mischten sich Hände schüttelnd unter die Leute, die belegte Brote mit Champagner, Whisky-Soda oder mit Wodka-Orange hinunterschlangen. Die Frau, die als letzte kam, eine magere Blondine, hatte tiefe Gruben am Schlüsselbein, blasse Augen und langes blasses Haar. Sie trug ein pistaziengrünes, schlabberiges Kleid mit einer Rubinbrosche. Ihr Blick traf den Sinistrats, und sie wendete sofort die

Augen ab. Auch Sinistrat sah weg. Aimée beobachtete ihn. Sie tat so, als ob sie sich bequemer hinstellen wollte und trat einen Schritt zur Seite, um näher an Sinistrat und die kleine Frau in Hosen heranzukommen.

«Ich habe Ohrenschmerzen», sagte die kleine Frau.

«Laß mich damit in Frieden, Liebling», sagte Sinistrat. «Das ist psychosomatisch.»

Er ging von ihr fort, nach hinten in den Salon. Einen Moment später sah ihn Aimée mit der blaßäugigen Blondine sprechen. Er lächelte und reichte ihr ein Glas Orangensaft. Lindquist faßte Aimée am Arm.

«Ah, erlauben Sie, Madame, daß ich Ihnen Monsieur Lorque und Monsieur Lenverguez vorstelle, die beiden Kämpfer für das Gedeihen von Bléville.»

«Ich bin bloß der Mann für die kleinen Töpfe», sagte Lorque.

Lenverguez und er waren etwa sechzig Jahre alt. Beide stattlich. Lorque, der Dickere der beiden, war sehr dick, hatte eine glatte Babyhaut, dunkelbraune Augenlider und eine Goldkette an seiner königsblauen Weste. Lenverguez war groß und hager, hatte einen weißen Haarkranz, eine dicke Nase, einen strengen Blick, Schweißtropfen auf der Stirn, saubergescheuerte Finger und geradegeschnittene polierte Fingernägel. Lorque und Lenverguez rauchten Havannas.

«Die kleinen Töpfe?» wiederholte Aimée.

«Die Gläschen mit Babybrei. ‹Babyglück›-Brei, ‹Hochseefischer›-Konserven und ‹L & L-Tierfutter›, das ist alles von uns», sagte Lorque. (Er sah Aimée ernst an, hielt den Kopf nach vorn geneigt und fletschte dabei ein wenig die Zähne, als ob an dem, was er gesagt hatte, etwas Provozierendes gewesen wäre.) «Er ist der Kopf», fügte er hinzu und stieß Lenverguez mit dem Ellenbogen an. «Er ist der Kopf, und ich bin der Bauch. Passen Sie auf, ich verschlinge alles, was ich anfasse.»

«Ich werde mich aber von Ihnen nicht anfassen lassen», sagte Aimée.

«Wirklich amüsant», bemerkte Lorque.

«Hören Sie einfach nicht hin», sagte die Frau, die mit den beiden Männern zusammen war. «Er führt sich unheimlich gern wie ein Gangster auf.»

«Meine Frau», verkündete Lorque, ohne den Kopf zu bewegen.

Lenverguez drehte sich um, schüttelte dann den Kopf.

«Wo ist denn meine hin?» fragte er undeutlich. (Er nuschelte und sprach nicht viel. Er ging brummelnd die Blonde mit den blassen Augen suchen, die nicht mehr im Raum war, Doktor Sinistrat auch nicht mehr.)

«Ah! Hochwürden!» rief Lorque plötzlich.

Er hätte Aimée beinahe umgerempelt, als er mit ausgebreiteten Armen auf die Eingangstür zuhastete, wo gerade ein Bischof und ein junger Priester im Straßenanzug aufgetaucht waren.

«Er ist ein bißchen verrückt», sagte Madame Lorque lächelnd und sah ihm hinterher. «Spielen Sie Bridge, Madame Joubert?»

Christiane Moutet mischte sich ein und sagte, daß sie das schon gefragt hätte. Es wurde schallend gelacht. Es wurde geschwatzt. Sonia Lorque war liebenswürdig, blond, extrem schlank, extrem gebräunt. Durch ihr weißes Strickkleid kamen ihre Bräune und ihr sehr gepflegter Körper sehr gut zur Geltung. Sie war bestimmt fünfundzwanzig Jahre jünger als Lorque. Man spürte, daß sie sich ständig kontrollierte. Äußerlich wirkte sie wie eine jener alternden Starletts, die verzweifelt über ihr Schönheitskapital wachen. Ansonsten schien sie aber nervlich ganz in Ordnung und nicht dumm zu sein. Christiane Moutet und sie luden Aimée für einen der nächsten Tage zum Bridge zu den Moutets ein. Aimée sagte zu und fragte, wo man sich etwas nachschminken könne. Man sagte es ihr. Sie verließ den Salon und ging über die große Treppe im Vestibül in die erste Etage. Sie war auf der Lauer.

Oben war ein langer grün-bronzefarbener Flur, kontrastierend dazu weiße Türen und Kunstdrucke, teils Reproduktionen von Bildtafeln aus Diderots großer Enzyklopädie und andere mit Hafen- und Gewerbeszenen. Hinter den weißen Türen war nichts zu hören. Auch von unten drang kein Laut herauf, wegen der Mauern und der sehr dicken Dielen.

An der Toilettentür stand eine mit bronzegrünem

Samt bezogene Bank. Aimée setzte sich und machte eine Pause. Sie brauchte einen Moment Ruhe, um die Informationen zu ordnen, die sie zusammengetragen hatte.

Doch da kam Baron Jules aus der Toilette, mit seinem Schwanz in der Hand ging er quer über den Flur und begann unter einen Kunstgewerbedruck an die Wand zu urinieren.

6

«Verdammt! Tut das gut!» rief der Baron erst einmal.

Er hatte Aimée nicht gesehen, die still auf der Bank saß. Man hörte den Urin ununterbrochen an die Tapete plätschern. Zwischen den Stiefeln des Eindringlings bildete sich auf dem bronzegrünen Teppichboden ein dunkler See. Der Mann war groß, hatte etwas Bauch, trug Reithosen und einen ziegelroten Rollkragenpullover, der ihm viel zu groß und an mehreren Stellen gestopft war. Er hatte einen großen rosafarbenen Kopf und eine große Nase, hellgraue Augen und eine platinblonde, graumelierte Mähne. Er mochte gut fünfzig Jahre alt sein. Er drehte seinen Kopf und sah Aimée.

«Zum Teufel! Eine Dame», stellte er fest.

Er drehte sich zu ihr und machte dabei seinen Hosenschlitz zu.

«Gestatten: Baron Jules», sagte er. «Glauben Sie

mir, normalerweise pflege ich nicht vor der holden Weiblichkeit auf den Boden zu pinkeln. Ich verneige mich vor der Schönheit!» brüllte er plötzlich. «Meine Ehrerbietung den Damen!» (Er schien sich zu beruhigen.) «Es ist nur so», sagte er mit weltmännischer Miene, «daß ich es mir seit meiner Entlassung aus der Psychiatrie heute morgen verkniffen habe. Ich habe es mir für den Teppichboden des dicken Lorque aufgehoben, verstehen Sie?»

Aimée nickte verblüfft, aber nicht verschreckt.

«Überhaupt nichts verstehen Sie!» behauptete Baron Jules. «Sie haben mit all dem hier nichts zu tun, und Sie sind jung! Und sehr begehrenswert, würde ich sagen, obwohl mir etwas korpulentere Frauen lieber sind.»

«Ach so», meinte Aimée.

Der Baron lächelte sie an.

«SUPPE IST GESUND!» brüllte er lauthals los.

Wegen des Lärms oder vielleicht auch zufällig öffnete sich etwa zehn Meter entfernt auf dem Flur eine weiße Zimmertür. Doktor Sinistrat und Madame Lenverguez traten heraus und rissen die Augen weit auf. Sie hielten sich an den Händen. Die Blonde mit den blassen Augen hatte zerzauste Haare, die Krawatte des Arztes saß schief. Die Blonde zog einen Schmollmund und machte ein betretenes Gesicht, als sie Aimée und den Baron im Flur sah. Der Baron lächelte und ging auf das Paar zu.

«Ha! Ha! Ha!» schrie er hinaus. «Die kleinen Ferkelchen beim Ehebruch!»

«Nur ruhig Blut, Herr Baron», sagte Sinistrat. «Hören Sie...»

Madame Lenverguez piepste wie eine erschrokkene Maus und flüchtete zur Treppe. Sinistrat stand mit angewinkelten Armen und nach vorn gerichteten Handflächen vor dem Baron und schien den Mann zurückhalten oder einfach nur mit ihm reden zu wollen.

«Ha-ha!» meinte der Baron wieder hohnlachend. «Sie hat Schiß. Das dürre Luder flieht!»

«Baron Jules», sagte Sinistrat. «Ich... Ich möchte Sie ausdrücklich darauf hinweisen...»

Der Baron packte den Arzt am Kragen und schüttelte ihn, sah aber ziemlich friedfertig aus.

«Worauf möchtest du mich ausdrücklich hinweisen, Scheißerchen?»

«Ich möchte Sie ausdrücklich darauf hinweisen, daß ich mich zu nichts mehr zwingen lasse.» (Sinistrats Stimme zitterte. Er atmete heftig.) «Ich stelle keine Bescheinigungen mehr aus, um Sie, äh... zur Kur zu schicken...»

Der Baron stieß den Mann von sich, so daß er mit dem Rücken und dem Hinterkopf kurz und dumpf gegen die Wand prallte.

«Und als Gegenleistung rechnest du mit meiner Diskretion.» (Der Baron bewegte sich in Richtung Treppe.) «Armer Humanist!» rief er. «Du bist vielleicht zum Lachen!» (Und er lachte gekünstelt.) «Ha! Ha! Ha! Ha!»

Er verschwand. Der völlig mitgenommene Sinistrat versuchte vor Aimée, die all dem zugesehen hatte, seine Haltung wiederzufinden.

«Er ist verrückt», sagte der Arzt. «Er ist vollkommen... Mit Ihrer Diskretion rechne ich ebenfalls», fügte er hastig hinzu.

Aimée zuckte mit den Schultern, stand auf, ging zur Treppe. Sinistrat jagte ihr hektisch über die Stufen hinterher. Seine langen Locken fielen ihm immer ins Auge, und er schüttelte den Kopf, um sie nach hinten zu werfen.

«Er ist schrecklich», sagte er. «Taucht überall auf, ohne eingeladen zu sein und...»

«Ein Priester! Ein Priester!» dröhnte die Stimme des Barons im Erdgeschoß.

«O Gott», sagte Sinistrat.

Aimée lief schnell die letzten Stufen hinunter, der Arzt folgte ihr auf den Fersen. Als sie den Salon betrat, war der Baron gerade beim Bischof angelangt.

«Buh!» schrie er. «Was für ein häßlicher Priester!»

«Lieber Baron, also wirklich», fing der Bischof an, hob seine dicke Hand, schüttelte dazu lächelnd den Kopf, und Baron Jules verpaßte ihm einen gezielten Kinnhaken.

Der Bischof ging zu Boden. Die Gäste schrien entsetzt auf. Man stellte sich zwischen den Bischof und den Baron, der versuchte, nach seinem Opfer zu treten. Er schrie, man solle ihn doch lassen, er wolle den Pfaffen erledigen. Der Bischof sabberte auf den

Teppich. Ein sehr großer brünetter Kerl mit schwarzem Schnurrbart und weißen Zähnen, gestreiftem Anzug und rotem Band am Knopfloch, packte den Baron am Arm und nahm ihn in den Polizeigriff.

«Ein Flic, der hat mir gerade noch gefehlt», sagte der Baron und trat dabei mit den Hacken auf die Füße des Schnurrbärtigen.

Man half dem Bischof hoch, der bestürzt den Kopf schüttelte. Lorque pflanzte sich mit vor Zorn bebenden Hängebacken vor Baron Jules auf und drohte ihm mit seiner Havanna.

«Jämmerlicher alter Trottel», sagte der Industrielle. «Niemand hat den Mut, es dir zu sagen, aber ich sag es dir: Du bist nicht erwünscht, du bist nicht eingeladen! Du glaubst, du kannst dir alles erlauben, weil alle in Bléville Angst vor dir haben. Ich hab aber keine Angst vor dir.» (Lorque sah kurz zu dem Schnurrbärtigen.) «Kommissar, schmeißen Sie ihn raus.»

«Mit Vergnügen», sagte der Kommissar.

«Ist mir scheißegal!» schrie Baron Jules, als man ihn zum Ausgang schleppte. «Ich komme wieder. Ich komme wieder und pinkle überallhin!» (Er begann schallend zu lachen. Der Kommissar und die Hausangestellten warfen ihn vor die Außentreppe. Er rollte in die Gosse.) «Ist mir scheißegal», schrie er wieder. «Ihr krepiert ja sowieso alle!»

7

Nach dem Hinauswurf von Baron Jules ging der Cocktailempfang bei Lorque ziemlich schnell zu Ende. Als Aimée wieder in ihrem Appartement war, sich einen Tee gekocht und ein Bad genommen hatte, stellte sie sich im Badezimmer vor das Waschbecken und redete mit sich selbst.

«Na», sagte sie. «Wie immer, nicht? Entwickelt sich nur scheinbar langsam, geht aber eigentlich ziemlich schnell. Zuerst kommen immer die Sexgeschichten. Dann die Interessenkonflikte. Und schließlich die alten Verbrechen. Du hast andere Städte gesehen, meine Süße, und du wirst andere sehen; klopf auf Holz!» (Sie klopfte sich auf den Kopf. Im spärlichen Schein der Leuchtstoffröhre am Toilettenschrank klopfte sich ihr weißes Spiegelbild ebenfalls ohne zu lächeln auf den Kopf.) «Also, meine Süße», wiederholte sie, «die Verbrechen kommen zuletzt, und du mußt Geduld haben.»

Sie trank ihren Tee, legte sich hin und schlief gut.

8

Während der folgenden drei Wochen gewöhnte sich Aimée ein. In Begleitung von Maître Lindquist besichtigte sie in Bléville und Umgebung einige zum Verkauf stehende Grundstücke. Jedesmal zeigte sie sich unentschlossen, aber charmant, so daß ihr der Notar wegen der Absagen nicht böse war; er zeigte sich im Gegenteil zunehmend glücklicher, sein möglichstes zu tun.

Aimée führte ein geregeltes und ausgefülltes Leben. Sie trank morgens Tee, aß mittags im *Grand Café de l'Anglais* etwas Gegrilltes und abends bei sich zu Hause Eier oder Suppe. Der Augenblick schien noch nicht gekommen, wo sie wieder Appetit auf Sauerkraut hätte. (Ihr Gewicht ging auf unter 45 Kilo zurück. In Zeiten der Konzentration war das immer so.) Tagsüber besuchte sie die besseren Kreise und machte dabei weitere Bekanntschaften. Zweimal pro Woche ritt sie in einem *Country-Club*, dreimal in der Woche spielte sie Tennis, sie ging auch zum Golf und Freitag abends ins Casino, aber mehr als Zuschauerin. Zweimal pro Woche arbeitete sie an der Verbesserung ihrer Technik in den Kampfsportarten, in der Turnhalle des Jules-Ferry-Zentrums, wo die besseren Kreise nicht verkehrten. (Sie machte sich mit der Handhabung des Nunchaku vertraut, die sie bislang noch nicht beherrschte.) Schließlich empfing man sie in verschiedenen Salons zum Tee oder zum Bridge. Sie wurde den Reichen von Bléville vertraut; sie wurden ihr vertraut. Sie beobachtete ihr Gebaren und ihre Gewohnheiten, und vor allem die Spannungen und Leidenschaften, die es unter ihnen gab, sie beobachtete sie unentwegt, aufmerksam und geduldig.

Abends in ihrem Appartement verfaßte sie neue oder ergänzende Einträge für eine Art Kartei. Sie schrieb mit einem kleinen grünen Füller mit Goldfeder und violetter Tinte, und sie bewegte die Lippen beim Schreiben.

Als sie vom Bridge und einem langen Gespräch mit der geschwätzigen Christiane Moutet zurückkam, notierte sie zum Beispiel: *Sonia Lorque hatte ein mieses Leben, bevor sie Lorque traf. Mischung aus Dankbarkeit und Liebe. Solide Ehe, solider, als beide denken.* Oder sie schrieb: *L & L soll angeblich das Bauunternehmen Géraud & Sohn, das die Fischhalle gebaut hat, kontrollieren. Es gab keine öffentliche Ausschreibung.*

Nach den Einträgen las sie all ihre Karten mehrmals durch und räumte sie dann in ein Schubfach des Schreibtischs.

In der dritten Woche nach ihrer Ankunft in Bléville verreiste die junge Frau für kurze Zeit. Eines Abends nahm sie den Zug, war vor Mitternacht in Paris, fuhr mit dem Taxi zu einem anderen Bahnhof, nahm einen anderen Zug. Sie hatte ihr flaches Köfferchen dabei und ein großes Delsey-Beautycase, das sie in Bléville gekauft hatte. Sie hatte keinen Platz in dem Zug reservieren lassen, doch zu dieser Jahreszeit waren wenig Leute unterwegs, und sie fand mühelos etwas, wo sie es sich bequem machen konnte.

Gegen 5.30 Uhr morgens hielt der Zug drei Minuten in einer Kleinstadt in Zentralfrankreich. Aimée stieg aus, verließ den langen grauen Bahnhof, überquerte den Bahnhofsvorplatz und weckte den Nachtwächter des *Grand Hôtel du Commerce et des Étrangers*. Nun hatte sie unter ihrem Mantel ein Blümchenkleid an und trug eine üppige kastanienbraune Perücke. Sie nahm sich im Hotel ein Zimmer und wachte, wie sie es sich vorgenommen hatte, um 8.30 Uhr auf. Sie hatte ihren Körper ziemlich gut im Griff. Zu einer anderen Zeit in ihrem Leben war sie sich selbst in vielerlei Hinsicht fremd gewesen. Vor allem hatte sie damals nicht ohne hochdosierte Barbiturate schlafen, nicht ohne hochdosierte Aufputschmittel richtig wach werden, weder ihren Mann noch ihr sonstiges Dasein ohne eine Menge Appetitzügler und Beruhigungsmittel ertragen können, hinzu kamen viele Gläser Wein. Doch jetzt war alles anders. Aimée hatte ihren

Körper im Griff; sie war sofort eingeschlafen; sie wachte zu der Zeit auf, die sie sich vorgenommen hatte.

Sie duschte, setzte ihre Perücke wieder auf, nahm den Hörer des Haustelefons ab. Ihr wurden Croissants und eine heiße Schokolade aufs Zimmer gebracht. Sie aß mit Appetit. Sie hatte sich völlig verändert. Etwas später rief sie den Mann an, der ihre Geschäfte regelte und rauchte dabei eine Mentholzigarette.

«Madame Souabe, das ist ja eine wunderbare Überraschung!» rief Maître Queuille, als sie sich im Hotel zum Aperitif trafen, um anschließend gemeinsam zu Mittag zu essen. «Sie haben sich nicht verändert, nicht zu glauben!»

«Sie auch nicht, Roland», sagte Aimée.

Sie sprachen über Geschäfte. Sie sahen die Betriebskonten und die Katasterauszüge durch. Aimée gab Anweisungen. Sie händigte dem Mann die mitgebrachten 60 000 Franc aus.

«Immer in bar, äußerst verdächtig», scherzte Maître Queuille arglos.

Er stellte eine Quittung aus. Er erzählte, daß seine Schwester und ihr Mann den ganzen September in England verbracht hätten. Doch leider hätten die beiden Aimée nicht im englischen Fernsehen sehen können. Der Geschäftsmann fragte Aimée, die er weiterhin Madame Souabe nannte, ob sie nicht daran dächte, nach Frankreich zurückzukommen, um sich hier Arbeit zu suchen. Aimée antwortete, sie habe sich daran gewöhnt, in England zu leben und zu arbeiten.

«Ja, selbstverständlich», sagte Maître Queuille.

Er hüstelte und holte seine Zigaretten heraus. Er glaubte nicht so ganz, daß die junge Frau Schauspielerin in Großbritannien war, wie sie behauptete, vor allem nicht Schauspielerin fürs Fernsehen und für die Werbung. Maître Queuille war romantisch und niederträchtig. Er fragte sich, ob die junge Frau nicht vielmehr Callgirl war.

Etwas später gingen Aimée und der Mann lächelnd auseinander. Aimée erledigte einige Einkäufe, stieg dann in einen Chausson-Bus. Während der Fahrt von achtzehn Kilometern blätterte sie eine Lokalzeitung durch. Sie hatte sich schon eine Weile keine Pariser Zeitungen mehr gekauft. Plötzlich entdeckte sie in der Lokalzeitung die Nachricht, die sie vor vielleicht fünfzehn oder zwanzig Tagen vergeblich in den Pariser Blättern gesucht hatte. *Mörderische Jagd* lautete die Überschrift eines kleinen Artikels, der von einem blutigen Unfall berichtete, bei dem ein Familienvater den Tod gefunden hatte und seine beiden Söhne verletzt worden waren. *Und damit*, so schloß der Artikel, *erhöht sich die Zahl der Jagdopfer auf nunmehr sechs in diesem Monat. Am 2. erschossen sich Monsieur Morin und Monsieur Cardan gegenseitig in der Nähe von Saint-Bonnet-Tronçais (Departement Allier). Zwei Tage später ist im Osten Frankreichs das Ableben von Monsieur François Roucart, Viehzüchter, zu be-*

klagen gewesen, der von einem bislang gleichermaßen unbekannten wie stümperhaften Jäger getötet wurde. Sind wir nun schon soweit, daß die Jagd mehr Opfer unter den Menschen fordert als unter den Tieren? Eine durchaus berechtigte Frage.

Aimée nahm die Zeitung mit, als sie in einem Dorf, das vielleicht zwei- oder dreihundert Häuser hatte, aus dem Bus stieg. Sie lief bis zum Ortsende, bog auf einen steinigen Weg ein, der einen Hügel hinaufführte. Es war stürmisch und grau. Aimée legte eine Strecke von etwa vier- oder fünfhundert Metern zurück. Sie verrenkte sich die Knöchel, als sie über die Steine lief. Sie schwitzte. Obwohl es nur acht oder neun Grad waren und die junge Frau nicht sehr warm angezogen war.

Sie kam zu einem Gehöft am Rand eines Waldes mit Eichen und Buchen. Sie stieß eine kleine Blechtür auf und betrat den sandigen Hof eines Steinhauses. Die Steine in den Mauern waren mit Flechten und Moos bewachsen. Die Eingangstür des Hauses war offen. Aimée blieb auf der Schwelle stehen und blickte in den purpurviolett gefliesten Hauptraum, wo man im Halbdunkel einen Küchenherd, einen schweren Tisch mit Wachstuchdecke und ein großes, kupfern schimmerndes Bett mit Daunendecken erkennen konnte. Ein Teller, ein Glas, Besteck und eine Kasserolle standen zum Trocknen auf der schwärzlichen steinernen Abstellfläche am Ausguß.

Aimée drehte sich um. Von der Türschwelle aus blickte sie in den tiefer liegenden Gemüsegarten hinter dem sandigen Hof. Im Tal sah man das Dorf unter dem grauen Himmel und fette weiße Kühe auf giftgrünen Weiden. Entlang eines Flusses war Gemüse gepflanzt. Eine Frau mit Strohhut saß mit dem Rücken zum Haus in einem Korbsessel mitten im Garten. Aimée stieg schnell die drei Stufen der Außentreppe hinunter und ging zu der Frau.

«Mama?»

Die Frau reagierte nicht. Aimée ging um den Sessel herum, damit sie gesehen wurde. Die Mutter schreckte kurz hoch, dann schloß sie den Mund wieder und kniff ihn zusammen. Die Frau war etwa sechzig Jahre alt, zierlich, hatte straff nach hinten gekämmtes, weißes Haar und ein bleiches, aufgedunsenes Gesicht mit verquollenen Lidern. Ihre Augen wurden ganz schmal. Sie trug eine schwarze Baumwollschürze mit dünnem weißem Streifenkaro, ein Umschlagtuch aus schwarzer Wolle und schiefergraue Baumwollstrümpfe, die an den Knöcheln Falten zogen. Dazu schwarze Männerschuhe. Sie saß zwischen einem kleinen Kartoffelfeld und einem Salatbeet.

«Trägst du dein Hörgerät denn nicht?» fragte Aimée, wobei sie ganz deutlich sprach, damit die Frau ihr die Silben von den Lippen ablesen konnte; da diese nicht antwortete und nicht reagierte, schrie sie: «Wo ist dein Hörgerät, verdammt noch mal?!»

«Ich weiß nicht», sagte die Mutter. «Fluch nicht

immer. Bist also auf der Durchreise. Du hast mich erschreckt.»

«Ich bin vorbeigekommen, um was Geschäftliches zu regeln», sagte Aimée ruhiger. «Ich habe Maître Queuille gesagt, er soll deine monatliche Unterstützung erhöhen. Du solltest nicht allein hierbleiben ... Du solltest jemanden zu dir nehmen. Hast du gehört?»

«Ja», sagte die Mutter.

Aimée wühlte in ihrer Tasche.

«Ich hab dir Tabak und ein Geschenk mitgebracht.»

Sie gab der Mutter graue Päckchen eines Billigkrauts und ein mit einer Schleife verziertes Päckchen. Die Mutter machte das Päckchen langsam auf. Sie nahm eine malvenfarbene Baumwollbluse mit weißen Blümchen heraus. Mit beiden Händen hielt sie die Bluse hoch und schüttelte sie ein wenig, damit sie sich entfaltete. Dann faltete sie sie lose zusammen, legte sie auf ihre Knie und ihre Hände darauf.

«Sehr hübsch», sagte sie und sah dabei ins Tal.

Unbewußt kaute Aimée an der Außenkante ihres Daumens. Sie ging wieder um den Sessel herum und stand einen Augenblick regungslos hinter ihrer Mutter.

«Ich hasse dich, du Schlampe», sagte sie. «Hoffentlich verreckst du bald.»

«Geht's dir gut?» fragte die Mutter. «Und deine Arbeit? Dein Mann?»

Sie blickte nicht nach hinten, um zu sehen, ob Aimée ihr antwortete.

«Gleich kommt der Pfarrer», sagte sie noch. «Ich mache Kaffee. Du kannst bleiben, wenn du willst, und mit uns Kaffee trinken.»

«Ich muß wieder fort», sagte Aimée.

Sie wandte sich ab und ging zum sandigen Hof und der kleinen Blechtür.

«Aber vielleicht mußt du ja wieder fort», sagte die Mutter.

Aimée war am frühen Morgen in Paris. Bis zur Abfahrt des Zuges nach Bléville ging sie spazieren. An der Place du Châtelet wurde sie von einem breitschultrigen Mann in einem Chiné-Mantel und onduliertem, von Festiger glänzendem Haar, angesprochen. Er folgte ihr eine Weile. Sie ließ sich von ihm Feuer geben.

«Wollen wir nicht noch irgendwo was zusammen trinken?» fragte der Mann. «Wir können zu mir gehen.»

Aimée hielt ihre Zigarette zwischen den Fingern und warf lachend den Kopf nach hinten.

«Kleine Kanaille», sagte der Mann zufrieden.

Er faßte Aimée mit einer Hand am Handgelenk, mit der anderen um die Taille und versuchte, sie auf den Hals zu küssen. Aimée machte sich los und trat einen Schritt zurück, dann plötzlich einen Schritt vor und ohrfeigte den Mann. Er wurde rot und ohrfeigte sie ebenfalls.

«Also wirklich, du miese Lesbe!» schrie er.

Einen Augenblick lang klatschten sie sich gegenseitig an den Kopf. Dann hatte sich Aimée beruhigt. Sie trat sehr schnell einen kleinen Schritt zurück und schlug dem Mann mit der Handkante genau unter die Nase. Er torkelte rückwärts und fiel auf seinen Hintern. Er hielt sich mit beiden Händen die Fresse.

«Ahh! Ahh! Ahuh! Ahuh!» schrie er.

Ihm liefen die Tränen aus den Augen. Aimée ging weiter. In der Rue de Rivoli nahm sie ein Taxi, holte ihr Gepäck aus dem Schließfach, ließ sich dann zu einem anderen Bahnhof fahren. Bis zur Abfahrt ihres Zuges, wartete sie noch zwei nicht enden wollende Stunden in einer Gaststätte. Und kehrte dann nach Bléville zurück.

9

Nach ihrer Ankunft schlief Aimée mehrere Stunden. Dann nahm sie die Zeitung, die sie am Tag zuvor gekauft hatte, schnitt den Artikel aus, der Roucarts Tod erwähnte, und heftete ihn zu anderen Ausschnitten, in denen von anderen Toten berichtet wurde: Vor fünf Monaten erstickte ein Industrieller aus Bordeaux wegen eines defekten Heizofens; zu Beginn des Sommers ertrank ein Pariser Arzt in La Baule; und andere mehr. Aimée legte mit der restlichen Zeitung den Boden des Mülleimers in der Küche aus. An diesem Abend aß sie gar nichts. Mit einem kleinen Apparat machte sie etwa zwanzig Schlüssel nach, die sie von Gepäckschließfächern des Bahnhofs von Bléville mitgenommen hatte. Es war das zweite Mal, daß sie in Bléville Schlüssel kopierte. Gegen 22 Uhr war sie fertig und besaß nun zu jedem Schließfach im Bahnhof einen Zweitschlüssel.

«Einer Ihrer Nachbarn hat sich beklagt, Madame», sagte ihr am nächsten Morgen das Mädchen an der Rezeption, als sie das Haus verlassen wollte. «Gestern spätabends hat bei Ihnen ein Elektrogerät Krach gemacht.»

«Ein Elektrogerät, Krach? Ach ja», sagte Aimée, «mein Fön. Das wird nicht wieder vorkommen.»

«Ich freue mich, daß Sie kommen konnten», sagte später Lindquist am Nachmittag zu ihr. «Aber es ist wirklich nichts Besonderes! Warten sie nur ab, im Sommer, da können Sie richtige Dorffeste bei uns erleben!»

Aimée nickte und machte ein interessiertes Gesicht. Ausnahmsweise war es sonnig und trocken. Es wehte ein kühler, scharfer Meerwind, doch man war in warme Schals gehüllt. Vor dem Haus des Notars standen zwei lange, mit weißen Tüchern gedeckte Tafeln mit Unmengen von Appetithäppchen, Schweinewürstchen und Gebäck, sowie Gläsern und einer Batterie verkorkter Literflaschen Cidre. Die Gäste gingen auf den mit Apfelbäumen bepflanzten Weiden spazieren. In der Ferne sah man scheckige Kühe. Abermals hatte sich die Elite Blévilles versammelt. Anlaß war die Taufe eines Sprößlings fetter reicher Viehzüchter. Aimée war nicht eingeladen worden, doch Lindquist hatte es auf sich genommen, sie mitzubringen.

«Es gibt hier ein besonders witziges Spiel», sagte der Notar gerade. «Man stellt junge, am liebsten hübsche, einheimische Mädchen in einen Pferch und verbindet ihnen die Augen. Dann läßt man ein kleines, eingeöltes Schwein in den Pferch. Die jungen Damen müssen es fangen. Doch wegen des Öls ist das natürlich gar nicht so einfach. Das Ferkel quiekt, und die Mädchen auch. Das ist reizend.»

«Ganz bestimmt», sagte Aimée.

«Und das hier erst!» rief Lindquist. «Wenn man von kleinen Schweinen spricht...»

Er zeigte auf ein sechs bis acht Monate altes Kerlchen, das auf den Knien einer Bäuerin saß. Die Frau stopfte dem kleinen rotangelaufenen Wesen Brei hinein. Das kleine Wesen stieß gellende Schreie aus und schlug um sich. Plötzlich rülpste es sehr laut und brach alles wieder heraus.

«Du dickes Ekel!» schrie die Frau wütend.

«Das Geschrei beim Kartenspiel! Und erst der Löffellauf! Äußerst grotesk!» erklärte Lindquist währenddessen.

«Sie machen mir den Mund wäßrig, Maître», sagte Aimée und sah, wie sich Doktor Sinistrat und Madame Lenverguez hinter den Leuten in Richtung der Scheunen verdrückten.

Zu diesem Zeitpunkt war das Baby bereits tot, doch seine Mutter hatte dies noch nicht bemerkt. Madame Lenverguez und Sinistrat verschwanden. Lindquist und Aimée plauderten noch einige Minuten weiter, trafen und begrüßten das Ehepaar Tobie, das Ehepaar Moutet und andere. Vor der Wand des Notarhauses saß die Frau von Sinistrat auf einem Stuhl, machte ein mürrisches Gesicht und rieb ständig an ihrem Ohr. Plötzlich begann die Bäuerin, deren Baby gebrochen hatte, mitten auf der Weide ohne Unterlaß und wie verrückt zu brüllen, dabei schlug sie sich mit der Faust gegen den Kopf.

Alle schrien und liefen durcheinander. Einige drängten sich um das tote Baby und die brüllende Mutter. Andere hielten sich möglichst fern, riefen etwas, torkelten herum, gestikulierten, schüttelten die Köpfe. Man rief nach Hilfe: «Sinistrat!» und «Doktor» Kurz darauf kam Sinistrat aus der Richtung der Scheunen und bahnte sich einen Weg. Aimée sah, daß er die Knöpfe an seinem Hosenschlitz falsch zugeknöpft hatte. Er öffnete die Kleidung des kleinen Leichnams, horchte ihn ab, beatmete ihn von Mund zu Mund, konnte ihn aber nicht wiederbeleben.

«Er ist tot», erklärte Sinistrat.

Die Mutter schrie noch lauter los. Man mußte sie bändigen. Einzelne Gruppen gab es nun nicht mehr. Die Menschen standen dichtgedrängt und stießen sich. Zwischen zwei Schultern konnte Aimée kurz das rote Gesicht des toten Babys sehen. Sie bekam sofort einen heftigen Magenkrampf, und ihre Zähne fingen an zu klappern.

«Ich möchte... Ich möchte gehen», sagte sie zu Lindquist.

Der Notar sah sie ungeduldig an, verstand nicht und antwortete nicht. Aimée ging um den Mann herum quer durch den Obstgarten. Sie stand plötzlich vor Sonia Lorque, die sie am Arm festhalten wollte. Aimée stampfte mit dem Fuß auf den Grasboden, entkam der Blonden, hastete auf den Zaun des Grundstücks zu. Die Schreie der Mutter brachen jäh ab, als Sinistrat ihr eine Spritze gab. Hinter den weiß gedeckten Tischen mit den ungeöffneten Flaschen standen farbenfroh gekleidete Frauen aneinandergelehnt, alle weinten. Beinahe rennend lief Aimée mit steifen Schritten durch die offene Gattertür.

Erst nach einem Kilometer hatte sie sich wieder unter Kontrolle. Sie zitterte noch ein bißchen. Am Seitenstreifen der Straße suchte sie nach einem Markierungsstein. Der Himmel bewölkte sich. Aimée fand, was sie suchte, den Hinweis *Bléville 3,5 Kilometer*. Sie lief weiter und rieb sich dabei die Arme. Sie trug ein mit Blumen bedrucktes Seidenkleid, das ihr übers Knie reichte, eine weiße Strickjacke und ihre Umhängetasche. Es begann zu regnen, erst leicht, dann stärker. Binnen weniger Minuten waren die Sachen und die Haare der jungen Frau klatschnaß. Ein alter schwarzer Renault 4 CV mit verbeulten Kotflügeln, die mit orangebraunen Farbflecken übersät waren, kam angefahren und bremste, so daß Wassergarben auf die holperige Straße spritzten. Am Steuer saß Baron Jules. Er öffnete die Tür und winkte Aimée zu sich. Sie lief, ohne nachzudenken, schnell zu ihm hin. Der Mann stieg aus dem R4, ging um den Wagen herum und öffnete die rechte Vordertür. Er hielt sie Aimée auf, die dastand und sich nicht rührte.

«Ich fresse Sie nicht», bemerkte er.

Aimée stieg in den Wagen. In der winzigen Fahrgastzelle mußte sie ihre Beine ziemlich weit anwinkeln, so daß ihr Kleid hochrutschte. Sie zog es über die Knie. Baron Jules hatte sich wieder ans Steuer gesetzt. Der R4 fuhr los.

«Das Baby ist gestorben», sagte Aimée.

«Wie bitte?»

«Ein Baby ist gestorben. Nicht das von der Taufe. Ein anderes Baby. Das Baby einer Bäuerin. Es hat gebrochen und ist gestorben.»

«Ganz ruhig», meinte Baron Jules. «Atmen Sie tief durch.»

Er beschleunigte auf der Straße, wurde dann langsamer und bog auf einen mit Feinsplitt befestigten Gemeindeweg ein, der schnurgerade durch Stoppelfelder führte. Der R4 hatte eine sehr schlechte Federung und sehr abgenutzte Wischerblätter. Durch den Regen hindurch konnte man gerade noch Gruppen von Bäumen und den eigenartig spiralförmigen Glockenturm einer Kirche erkennen. Sie erreichten einen Weiler. Baron Jules bremste und lenkte den R4 in eine breite Allee, an deren Ende ein zweiflügliges, weißes Tor weit offenstand. An dem Tor blätterte überall die Farbe ab. Hinter dem Tor kam man in einen sehr großen Garten und vor eine Art winziges Herrenhaus mit Zinnen und Zwergtürmchen. Es mußte einmal ein französischer Garten gewesen sein, doch man sah, daß er seit Jahren vernachlässigt worden war. Der Kies knirschte, als der

R4 vor einer Doppeltreppe mit einer Brüstung aus zementierten Kieselsteinen hielt.

«Ich möchte zu mir nach Hause», sagte Aimée. (Sie schüttelte sich.) «Es geht mir nicht gut. Bringen Sie mich in die Stadt zurück.»

«Sie haben einen Schock», sagte der Baron. «Sie müssen etwas trinken. Sie müssen sich abtrocknen. Sonst holen Sie sich den Tod.»

Der Mann stieg aus dem Wagen und ging die Treppe hoch. Aimée stieg ebenfalls aus und folgte ihm. Sie gingen durch eine düstere Halle und kamen in ein sehr großes und sehr vollgestelltes Zimmer, mit Erkerfenstern zur Vorder- und Rückseite des Anwesens hinaus.

«Ich habe Calvados, und es müßte noch ein Rest ziemlich guter, schottischer Whisky da sein», sagte der Baron. «Mögen Sie Tee?» (Aimée nickte.) «Ich werde Ihnen Tee machen. Und Ihnen Handtücher holen, damit sie sich abreiben können.»

Der Mann verschwand durch eine kleine weiße Tür. Aimée machte zögernd zwei oder drei Schritte in dem sehr geräumigen, mindestens sechzig oder achtzig Quadratmeter großen Zimmer. Überall standen Buffets, Tische, Schränke, Stühle, Sofas, Nippsachen und große schmutzige Kartons mit der Aufschrift *Black and White* oder *Hénaff in Dosen – die Pastete für Matrosen!* Der blasse Wandanstrich und der Deckenstuck blätterten ab. An der Decke konnte man braune Schmutzringe über den Lampenschirmen sehen. Staub lag auf den Möbeln und alte

Brotkrümel waren auf den schwarzverdreckten Perserteppichen verstreut. Der Baron kam mit einem Tablett mit Gläsern und Flaschen zurück in das Zimmer. Über der Schulter hing ihm ein Handtuch mit der Aufschrift der staatlichen Eisenbahngesellschaft S.N.C.F. Er stellte das Tablett ab und hielt Aimée das Handtuch hin. Während sich die Frau den Kopf trockenrieb, goß er Schnaps aus einer Kristallkaraffe in Gläser mit der Aufschrift *Mobil* und *Martini*.

«Wenn mir mal meine Karaffe kaputtgehen sollte, ersetze ich sie durch eine Reklamekaraffe.» (Er reichte Aimée ein Glas, das sie mit einer Hand nahm; mit der anderen rieb sie sich weiter die Haare trocken.) «Ich bin sehr an Reklameartikeln und Werbegeschenken interessiert», sagte Baron Jules. «Und auch an Abfall. Ich habe keinerlei Einkommen, wissen Sie. Ein Mann ohne Einkommen interessiert sich gezwungenermaßen sehr für Werbegeschenke und Müll.» (Er trank einen kleinen Schluck Schnaps und schnalzte zufrieden mit der Zunge.) «So wie es gegenwärtig steht in der Welt, nicht wahr, wo das konstante Kapital im Verhältnis zum variablen Kapital ständig zunimmt, da muß eine komplette Schicht von Armen stempeln gehen und von Werbegeschenken, Abfall und manchmal von verschiedenen staatlichen Beihilfen leben. Haben Sie eine Ahnung, wovon ich spreche?»

«Ich weiß nicht genau», sagte Aimée.

«Ich auch nicht», sagte der Baron. «Aber entschuldigen Sie, ich höre den Wasserkessel pfeifen.»

Er ging wieder durch die kleine Tür hinaus und ließ sie offen.

«Ich bin froh, daß ich Sie auf der Straße aufgelesen habe», rief er aus der Küche. «Ich wollte Sie wiedersehen. Ich glaube, Sie sind rätselhaft. Sind Sie rätselhaft?»

Aimée erwiderte nichts. Der Baron brachte auf einem anderen Tablett den Tee und die Tassen herein.

«Im Moment habe ich leider keine Milch und keinen Zucker», sagte er. «Ich bedaure unendlich, unter welchen Umständen ich das erste Mal vor sie hingetreten bin, mit dem Schwanz in der Hand, meine ich. Jetzt muß ich Ihnen wahrscheinlich rätselhaft vorkommen.»

«Ooch, eigentlich nicht», meinte Aimée.

Sie tranken ihren Tee, dicht beieinander, starrten sich an und hielten die Nasen über die Tassen.

«Ich bin nicht rätselhaft», beteuerte Baron Jules. «Ich bin Astronom. Kommen Sie, ich zeige es Ihnen.»

Der Mann ging vor Aimée durch die kleine weiße Tür und über eine enge Treppe. Sie kamen in die erste Etage. Aimée hatte ihren Schnaps, einen ausgezeichneten Calvados, nicht ausgetrunken und das Glas noch in der Hand. Auf dem Flur zeigte der Baron im Vorbeigehen in ein kahles Zimmer mit einem Feldbett und Decken, eine Glühbirne hing von der Decke und an den Wänden stapelten sich Whiskykartons und Zigarettenstangen.

«Mein Schlafzimmer», sagte der Mann. «Ich bitte Sie nicht zum Beischlaf herein, dafür kennen wir uns nicht gut genug.» (Er schritt weiter den Flur entlang. Auch hier standen Kartons mit Schnaps und Zigaretten.) «Möchten Sie ein paar Stangen englische?» fragte er. «Ich betreibe regen Schwarzhandel mit den Seeleuten von Bléville.»

«Nein, danke», sagte Aimée.

«Und dann knöpfe ich denen Ware beim Kartenspielen ab», sagte der Baron, als er am Ende des Gangs auf eine sehr enge Wendeltreppe stieg. «Ich habe eine sehr gute Technik. Übrigens lassen sie mich betrügen, weil sie sich über mich kaputtlachen.»

Die Wendeltreppe führte in einen Eckturm hinauf. Durch die bunten Karos eines bleiverglasten Fensters sah Aimée weiter unten den hinteren Teil des Gartens und die Kaninchen in ihren regennassen Ställen. Dann kamen sie in ein rundes Zimmer unter dem Turmdach.

«Wenn ich Ihnen doch sage, daß ich Astronom bin», rief der Baron triumphierend. (Sie waren die Treppe zwar schnell hochgegangen, doch er war nicht außer Atem. Aimée auch nicht.)

Man sah Dachöffnungen, Spiegel, mehrere Fernrohre, Teleskope und auf lackierten Rolltischen, wie man sie in Krankenhäusern benutzt, Blätter mit Notizen in einer sehr kleinen und sehr ordentlichen

Schrift. Das waren Berechnungen und poetisch angehauchte Bemerkungen über die Sterne, vermutete Aimée. Durch ein Buntglasfenster sah man einige Kilometer entfernt die bläulich schimmernden Dächer von Bléville.

«Eine schöne Beschäftigung, die Astronomie», erklärte der Baron und hielt dabei ein Fernrohr beinahe vertikal auf eine geöffnete Dachklappe gerichtet. «Eine schöne Beschäftigung, die niemandem schadet und meinem Rang und meinen Neigungen entspricht. Ich beobachte gern.» (Der Mann blickte Aimée an, die nichts sagte. Er wandte sich ab und kippte das Fernrohr plötzlich in die Horizontale.) «Die Sterne und die feinen Herren!» rief er. «Auch in Bléville lohnt es sich, Beobachtungen anzustellen. Ach, nicht mit dem Fernrohr hier. Man muß in Mauerschlitze, kaputte Hirne, Schlüssellöcher sehen.» (Der Baron wandte sich abrupt vom bunten Glasfenster ab.) «Ich blicke seit Jahrzehnten auf diese Stadt», erklärte er. «Ich weiß alles über sie.» (Er starrte ausdruckslos vor sich hin. Sein Mund verspannte sich.) «Kämpft nur tapfer weiter, werte Herren!» rief er. «Ihr sollt kurze Zeit herrschen; sollt eure Gesetze diktieren. Ihr dürft in eurer ganzen eroberten Herrlichkeit daherkommen, ihr dürft im Königssaal prassen und mit der schönen Königstochter tändeln. Aber vergeßt nicht, der Scharfrichter steht schon hinter der Tür.»

«Was erzählen Sie denn da?» fragte Aimée.

Etwas später, als die beiden wieder in die

Halle hinunterstiegen (wo eine Weatherby-Regency-Bockdoppelflinte an der Wand hing), sagte der Baron etwas ruhiger noch zu Aimée, daß die Bewegungen der Menschen nicht denen der Gestirne entsprächen; doch manchmal kämen sie ihm so vor, wegen seines Standpunktes, den er freiwillig eingenommen hatte oder gezwungenermaßen hatte einnehmen müssen. Bei diesen verworrenen Reden bekam Aimée ein wenig Angst und wollte am liebsten nur noch hier weg. Bald darauf brachte sie der Baron nach Bléville zurück. Doch als er von dort wieder mit seinem vergammelten R4 abgefahren war, tat es ihr leid.

10

Ein oder zwei Minuten nachdem Baron Jules sie mit seinem R4 vor der *Résidence des Goélands* abgesetzt hatte, und Aimée die Tür zu ihrem Appartement öffnete, zuckte sie plötzlich zusammen, weil sie eine Art ersticktes Grunzen vernahm. Sie stand vor ihrer halboffenen Tür und fuhr mit dem Kopf herum. Ein Stückchen weiter im Flur stand eine andere Tür einen Spalt breit offen. Im Türrahmen erschien eine kleine alte Frau. Aimée schüttelte verärgert ihre Haare. Zwei- bis dreimal in der Woche sah sie die Alte, die ihr auflauerte. Nach Aimées Geschmack eine besonders widerliche Alte, mit weißgepuderten Hängebacken und purpurviolettem Lippenstift. Dieses Mal schien sie die junge Frau ansprechen zu wollen. Während sie sich krampfhaft mit einer Hand am Türrahmen festhielt, räusperte sie sich mit ekelhaften Geräuschen. Aimée machte ihre Tür weit auf, ging in ihr Appartement und schlug sie hinter sich zu.

Sie stellte ihre Tasche auf einen Stuhl und hängte ihre Strickjacke über einen Bügel in den Schrank. Im Flur hörte man eine Art Schlurfen, bis vor ihr Appartement; dann ein Scharren, anscheinend unten an der Tür; und noch ein Schnaufen, Aufstoßen und Husten. Aimée ging zurück zur Tür und riß sie wütend auf.

«Was wollen Sie denn, verdammt noch mal?» fragte sie.

Dann erst sah sie die Alte stumm neben der Tür im Flur, auf dem Bauch, mit dem Gesicht in Erbrochenem liegen. Aimée verzog angeekelt das Gesicht. Sie zögerte, kniete sich dann mit einem Bein hin und tastete nach dem Puls der alten Frau. Sie fühlte keinen. Mit der Spitze des Fingernagels zog sie der Alten ein Augenlid zurück, um zu prüfen, ob möglicherweise noch Pupillenreflexe vorhanden waren. Dann erhob sich Aimée wieder; sie ließ die Tür offen, als sie zum Telefon griff und die Funkstreife rief. Ein Mannschaftswagen der Polizei und ein Krankenwagen kamen sechs bis sieben Minuten später und hielten vor dem Haus. Kurz danach stellte Kommissar Fellouque sein Privatauto ebenfalls dort ab. Ein etwa fünfzigjähriger kahlköpfiger Arzt, den Aimée nicht kannte, untersuchte die Alte. Sie war tot. Man trug sie auf einer Bahre weg.

«Sie muß sich bis zu Ihrer Tür geschleppt haben, um Hilfe zu holen», sagte Kommissar Fellouque. (Groß, brünett, feiner Schnurrbart und strahlendweiße Zähne, das war der Flic, der in ihrem Beisein

Baron Jules aus Lorques Haus geworfen hatte. Die junge Frau goß ihm eine Tasse von dem Tee ein, den sie gerade gekocht hatte.) «Dann hat sie wieder kehrtgemacht und wollte zurück in ihr Zimmer, um zu telefonieren», sagte der Mann. «Das hätte sie zuerst tun sollen. Ich glaube aber nicht, daß das viel geändert hätte, wohlgemerkt.»

«Kommissar, liegt hier etwas Besonderes vor?» fragte Aimée.

«Wieso? Wieso etwas Besonderes?»

«Sie sind Kommissar, und Sie bemühen sich persönlich her. Die Funkstreife hätte genügt. Liegt...?» (Sie hielt inne.) «Heute am frühen Nachmittag habe ich ein Baby genauso sterben sehen», sagte sie.

Der Kommissar sprang vom Bett hoch, auf dem er unaufgefordert Platz genommen hatte. Er begann, mit den Armen zu rudern und zog den Kopf ein.

«Ich möchte vermeiden, daß sich alle verrückt machen und Gerüchte in die Welt gesetzt werden!» rief er. «Irgendeine Lebensmittelvergiftung, das ist alles.» (Er ließ die Arme sinken und wirkte plötzlich ruhig und herablassend.) «Ich hab noch einen Toten am Hals, das ist dann der dritte, und etwa ein Dutzend Leute liegen im Krankenhaus, wenn Sie es genau wissen wollen. Ich will keine Panik. Sie werden also nicht gleich herumtelefonieren?»

«Telefonieren?»

«Aber ja», sagte der Kommissar. «Man weiß doch, wie das bei den Frauen so läuft!»

Aimée und der Mann schauten sich einen Augenblick schweigend an. Er sah mißtrauisch und gereizt aus. Aimée zog ein verächtliches Gesicht.

«Haben Sie hier Konserven?» fragte der Kommissar. (Da wurde die zwar angelehnte, aber nicht geschlossene Tür des Appartements plötzlich von jemandem, der gleichzeitig anklopfte, weit geöffnet.) «Ah, nein!» rief der Kommissar. «Hauen Sie bloß ab, lassen Sie uns in Frieden.»

«Das hier ist ein privater Wohnsitz», bemerkte der Eindringling, ein kleiner, etwa fünfzigjähriger Mann mit struppigem, stahlgrauem Haar, blauen Augen und einer langen abgewetzten Lederjacke. «Sie sind gar nicht befugt, mich rauszuwerfen, Fellouque», fügte er hinzu und drehte sich zu Aimée. «Presse, meine Liebe. DiBona, von der *Dépêche de Bléville*. Darf ich Sie sprechen?»

«Sie dürfen nicht! Sie dürfen nicht!» sagte Kommissar Fellouque, und versuchte, dem Fünfzigjährigen, der lächelnd auf Aimée zuging, den Weg zu versperren.

«Lorque und Lenverguez stehen im Begriff, die halbe Stadt zu vergiften, meine Gute», sagte DiBona. «Kühe sind auch schon krepiert. Ich appelliere an Ihren Bürgersinn. Sie werden doch nicht zulassen, daß dieser Flic die Sache vertuscht?»

«Es ist überhaupt nicht die Rede davon, irgendwas zu vertuschen!» rief Fellouque. «Der Haß macht Sie blind, DiBona! Sie reden dummes Zeug!» (Er drehte sich zu Aimée.) «Der redet dummes Zeug!»

«Er will die Sache vertuschen», sagte DiBona.

«Ich werde zum Bridge erwartet», sagte Aimée. «Meine Herren, Sie entschuldigen mich.»

Sie brauchte noch einige Minuten, um die beiden Männer loszuwerden, doch schließlich war sie auf der Straße und fuhr mit ihrem Rad durch Bléville. Um 17 Uhr hatte sie eine Verabredung im Hause Moutet mit den Moutets und Sonia Lorque zum Tee und zum Bridge. Allerdings war sie nicht sicher, ob die Partie stattfinden würde, wegen des toten Babys und der anderen schrecklichen Vorkommnisse. Trotzdem lächelte sie, während sie in die Pedale trat. Sie mochte Krisen.

In der Tat fand die Bridgepartie dann statt.

«Wir sind alle vollkommen durcheinander wegen dieser Geschichte», erklärte immerhin die üppige Christiane Moutet, die wirklich etwas besorgt und hektisch wirkte. (Ihr Mann telefonierte in seinem Arbeitszimmer am Endes des Korridors. Man hörte seine ängstlichen und verärgerten Ausrufe.)

Sonia Lorque kam ein bis zwei Minuten nach Aimée. Auch die Frau des Industriellen wirkte angespannt und besorgt. Doch sie sah noch besser aus als sonst. Ihre Augenbrauen waren vor kurzem gezupft worden, vielleicht sogar erst am selben Nachmittag. Sie war besonders korrekt geschminkt. Sie schien sich extra so zurechtgemacht zu haben, um in diesem Moment eine blendende Erscheinung abzugeben.

Zunächst kamen alle überein, daß es nach dem schrecklichen Vorkommnis von heute Nachmittag unmöglich sei, Karten zu spielen, als ob nichts gewesen wäre.

«Trinken wir wenigstens einen Schluck», sagte der leitende Angestellte Moutet, der vom Telefonieren zurückgekommen war. (Er machte ein besorgtes, fast ein wenig dümmliches Gesicht. Er kaute an seinem roten Schnurrbart herum.)

Man trank einen Schluck im Salon. Die Moutets bewohnten eine sanierte Fünfzimmerwohnung in der Altstadt mit modernen Möbeln, Teppichboden und Reproduktionen abstrakter Bilder an den Wänden.

Da nun schon einmal alle da waren und man nicht wußte, was man sagen sollte, schlug die üppige Christiane Moutet schließlich vor, man könne vielleicht trotzdem Bridge spielen. Und es wurde gespielt. Doch man war nicht ganz bei der Sache. Immerzu gab es kurze Bemerkungen und Schwätzereien, die nichts mit Bridge zu tun hatten.

«Ein Ohne Trumpf.»

«Passe.»

«Passe.»

«Zwei Pik», sagte Aimée.

«DiBona ist ein Esel», meinte Sonia Lorque, der Aimée erzählt hatte, daß der Journalist kurz zuvor in ihr Appartement eingedrungen war. «Der hält sich für einen Enthüllungsjournalisten wie aus einer amerikanischen Fernsehserie», erklärte die Blonde.

«Ständig stöbert er Skandale auf, die gar nicht existieren.»

«Dieses Mal gibt es aber immerhin drei Tote», sagte Christiane Moutet mit sanfter Stimme und sah dabei auf ihre Karten. «Und dann die interessante Zusammensetzung: Kühe, Babys, Erwachsene. So eine verdammte Scheiße!» rief sie und nahm den Kopf hoch. «Hat man denn eine Ahnung, was da passiert ist?»

«Jetzt reicht's mir aber! Jetzt reicht's mir aber, wir suchen danach!» sagte der leitende Angestellte Moutet. «Sind wir nun zum Spielen oder zum Quatschen hier?»

In seinem Arbeitszimmer klingelte das Telefon. Der Mann verließ verärgert grunzend den Tisch.

«Jetzt reicht's mir aber!» wiederholte er.

Er ging in sein Arbeitszimmer und machte die Tür nicht zu. Die Frauen warteten. Sie hörten ihn Hallo sagen und dann plötzlich schreien.

«Was?!» schrie er.

Sonia Lorque legte eine Hand vor das Gesicht. Aimée konnte sich ihren ständig wechselnden Gesichtsausdruck nicht erklären und beobachtete sie interessiert. Hinten im Korridor bewegte sich der leitende Angestellte Moutet, um die Tür zu schließen. Dann hörte man, daß er eine Auseinandersetzung mit seinem Gesprächspartner hatte, doch etwas Genaues war nicht zu verstehen. Christiane Moutet zündete sich eine Zigarette an. Jede tat so, als ob sie in ihre Karten oder auf den grünen Filzbelag des Tisches sehen würde. Insgeheim blickte Aimée immer öfter zu Sonia Lorque. Die Blonde legte beide Hände vors Gesicht, als Moutet aus seinem Arbeitszimmer zurück in den Salon kam. Der Mann schien außer sich zu sein.

«Der Dreckskerl!» schrie er. «Scheiße, verdammte!»

Die Frauen sahen ihn an. Sonia Lorque behielt beide Hände vor dem Gesicht; sie sah Moutet zwischen ihren Fingern hindurch an. Moutet ließ sich in einen Sessel fallen, schnellte sofort wieder hoch und setzte sich zurück an den Tisch. Er machte einen krummen Rücken. Als er sich dabei nach vorn lehnte, um die Ellenbogen auf den grünen Filz zu stützen, wurden seine Karten weggefegt und fielen vom Tisch. Gleichzeitig erhob sich Sonia Lorque und bewegte sich mit dem Rücken zum Tisch von ihrem Stuhl weg. Sie ging nicht auf eine Tür zu, sondern in eine Ecke des Salons. Christiane Moutet sah ihren Mann ängstlich an. Aimée betrachtete gespannt Sonia Lorque.

«Der Dreckskerl!» meinte der leitende Angestellte wieder. «Mein Zuständigkeitsbereich! Und er glaubt, das lasse ich mir bieten?»

«Was erzählst du denn da?» fragte Christiane Moutet. «Was ist denn los?»

«Es ist los, daß ich der verantwortliche Leiter der Kühlräume bin. Das ist mein Zuständigkeitsbereich.» (Moutet sprach ganz gedehnt. So, als ob er sichergehen wollte, auch richtig verstanden zu werden.) «VERDAMMT», schrie er, «VERDAMMT, DAS KANN DOCH NICHT WAHR SEIN, DAS GIBT'S DOCH GAR NICHT, DAS IST WAHNSINN!!!»

«Aber was ist denn los?» fragte Christiane Moutet wieder, nach außen hin sehr ruhig, mit etwas hochgezogenen Augenbrauen.

Sonia Lorque drehte sich plötzlich um und packte die überraschte Christiane Moutet fest am Handgelenk. Aimée sah zu.

«Die Kühlung der neuen Halle ist ausgefallen», sagte die Blonde sehr schnell. «Das ist los. Die drei Werke haben drei Stunden lang verdorbenen Fisch verarbeitet. Und dein Mann wird dafür den Kopf hinhalten müssen.»

«Du machst Scherze», sagte Christiane Moutet.

«Nein.»

Christiane Moutet starrte die Blonde nachdenklich an.

«Nein», meinte Sonia wieder. «Ich hab gehört, was mein Mann und Lenverguez besprochen haben. Eine Stunde lang. Dein guter Mann wird es ausbaden müssen.»

«Kleines Miststück», sagte Christiane Moutet. (Es klang friedfertig.) «Du hast es vorhin schon gewußt. Miststück», wiederholte sie befremdet.

«Hör zu», sagte Sonia Lorque, «ich könnte doch vorschlagen, daß sich alle arrangieren.»

Christiane Moutet stand auf. Und gab Sonia eine saftige Ohrfeige, die noch in zehn Metern Entfernung zu hören war. Dann spuckte sie ihr ins Gesicht. Sie stieß dabei an den Bridgetisch, der umkippte. Die Karten wirbelten durcheinander. Aimée saß da und zog an ihrer Zigarette. Sonia Lorque ging in Richtung Tür. Eine Seite ihres Gesichts war ganz rot, ihre Schminke war verlaufen.

«Ja, richtig», sagte Christiane Moutet. «Hau ab. Scher dich zurück zu deinem gehörnten Ehemann.»

«Pech für euch, Schätzchen», sagte Sonia.

«Mein Zuständigkeitsbereich», meinte Moutet wieder, der noch immer unbeweglich mit krummem Rücken, niedergedrückt und verstört auf seinem Stuhl saß. «Ich bin verantwortlich. Ich bin erledigt.»

Sonia Lorque verließ die Wohnung und knallte die Tür zu.

«Träume ich, oder hat die Schlampe gerade von einem Arrangement gesprochen?» fragte Christiane Aimée.

«Von Geld», sagte Aimée.

«Was?»

«Jemand muß es ausbaden», erklärte Aimée, «und sie haben beschlossen, daß er derjenige sein soll. Aber sie wollen, daß alles still und leise über die Bühne geht. Sie sind bereit zu zahlen, wenn sich dein Mann ohne Widerrede alles anhängen läßt.»

«Was weißt du darüber?» (Mißtrauen flackerte in den Augen der Brünetten.)

«Das ist doch ganz offensichtlich», sagte Aimée.

Christiane Moutet sah sie mit einem unentschlossenen, regelrecht blöden Ausdruck an. Es schien ihr schwerzufallen, sich auf ihre eigenen Gedanken zu konzentrieren. Sie nickte hämisch lächelnd. Plötzlich verzog sich ihr Gesicht vor Zorn, als ob ihr das eigentliche Thema gerade wieder eingefallen wäre.

«Ohne Widerrede!» wiederholte sie. «Aber wir werden sie in die Scheiße reiten, jawohl!»

«Ja», sagte Aimée. «Unbedingt. Wenn die ein Arrangement vorschlagen, dann haben sie etwas zu verbergen. Ihr müßt Schmutz aufwühlen, Christiane, soviel Schmutz wie möglich.» (Sie trat zwei Schritte vor und faßte die Brünette mit beiden Händen an den Schultern.) «Ich helfe dir», sagte sie schnell. «Ich kann Material besorgen.»

«Material?»

«Schmutz. Ich ruf dich an.» (Aimée ließ Christiane los, drehte sich und blieb einen Augenblick vor dem niedergeschmettert dasitzenden leitenden Angestellten Moutet stehen.) «Machen Sie sich keine Sorgen», sagte sie und schritt zur Tür, ging hinaus und stieß beinahe mit Sonia Lorque zusammen, als sie auf den Fußweg kam.

«Wie haben sie die Sache verkraftet?»

Aimée zuckte mit den Schultern. Sie bückte sich, um die dicke Motorradkette von ihrem Raleigh aufzuschließen. Sie richtete sich wieder auf.

«Schlecht», sagte sie. «Sie werden kämpfen.»

«Ich habe mit der ganzen Geschichte nichts zu tun», sagte Sonia. «Ich versuche nur...» (Sie hielt inne.) «Niemand kann mich daran hindern, mich hinter meinen Mann zu stellen», sagte sie.

«Aber ja doch, aber ja, richtig so, bravo», sagte Aimée und stieg auf ihr Fahrrad. «Stellt euch nur alle hinter eure Männer. Ihr bedauernswerten Ziegen.»

Sie trat kräftig in die Pedale und fuhr auf dem Raleigh davon. Egal, in welche Richtung man Bléville verlassen wollte, man hatte immer einen langen Anstieg zu überwinden. Aimée fuhr nach Osten, in das Landesinnere. Sie nahm die ganze Steigung im Wiegetritt. Als sie auf flacher Strecke war, keuchte sie, ihre Stirn war schweißnaß, sie roch unter den Achseln. Sie setzte sich wieder auf den Sattel und fuhr ohne anzuhalten weiter, mit entblößten Zähnen, gereizt. In einigen Minuten war sie in dem kleinen Ort angelangt, in dem der Baron wohnte. Sie wurde von dem Mann empfangen. Er trug Bluejeans und ein am Kragen und an den Manschetten durchgescheuertes, ausgefranstes kariertes Baumwollhemd, dazu eine Samtweste. Sie erzählte ihm, was passiert war. Sie erzählte ihm von dem Zwischenfall bei den Moutets. Der Baron fragte sie, warum sie sofort zu ihm gekommen war und ihm das alles erzählte.

«Ich hab angenommen, das würde Sie amüsieren», sagte Aimée.

«So etwas haben Sie doch wohl nicht ernsthaft annehmen können!» brummte der Baron ärgerlich. (Es wurde draußen allmählich dunkel und sehr düster in dem vollgestellten Salon. Der Mann knipste eine Schirmlampe an und beäugte mißtrauisch

Aimée, die auf einem zerschlissenen Lehnstuhl saß.) «In der ganzen Zeit, in der ich die beobachtet habe, verflixt noch mal, und ich beobachte die schon dreißig Jahre und länger, ja, insgesamt vielleicht vierzig Jahre! In der ganzen Zeit haben die mich nicht eine Sekunde lang amüsiert. Bei ihrem Anblick verspüre ich Brechreiz und Zerstörungswut.»

«Ja», sagte Aimée. «Recht so. Aber ich glaube es erst, wenn ich es sehe.» (Sie warf heftig den Kopf hin und her, als ob sie versuchte, freier zu denken oder eine unangenehme Erinnerung abzuschütteln. Sie bekam das ausdruckslose Gesicht von jemandem, der mit einemmal nicht mehr einsieht, warum er das, was er beschlossen hat, unbedingt tun muß. Sie fing sich aber sofort wieder.) «Ja, ja, recht so», wiederholte sie, nickte dazu mit dem Kopf und wiegte dabei energisch den Oberkörper. «Moutet wird kämpfen. Er braucht Waffen, um zu kämpfen, und Verbündete. Ich nehme an, daß jemand wie Doktor Sinistrat sich auf seine Seite stellen wird. Und dann auch der Typ, DiBona, die *Dépêche de Bléville*, ja. Wenn sie Material gegen Lorque und Lenverguez finden, ist der Teufel los.»

«Was kümmert mich das denn?» fragte Baron Jules.

«Das Material haben höchstwahrscheinlich Sie, denn Sie beobachten Bléville doch schon so lange. Wenn Ihnen nach Kotzen und Zerstören zumute ist, dann wäre das jetzt der geeignete Zeitpunkt.»

Der Baron betrachtete sie einen Augenblick, und

fing dann schallend an zu lachen. Ein gequältes Lachen. Der Mann wand sich regelrecht.

«Sie sind verrückt», behauptete er mit Tränen in den Augen.

«Ich habe gesagt, was ich zu sagen hatte», meinte Aimée friedlich. (Sie erhob sich von dem zerschlissenen Lehnstuhl, steckte ihre Hände in die Taschen und ging in Richtung Ausgang.)

«Warten Sie», sagte der Baron und stürzte hinter ihr her. «Sie sind so schrecklich negativ eingestellt und schön.» (Er blieb mit dem Fuß in einem schmutzigen Teppich hängen und fiel auf ein Knie.) «Au!» meinte er. «Was haben eigentlich Sie von der ganzen Sache?»

Aimée war schon durch die Haustür verschwunden. Sie stürmte die Außentreppe hinunter, stieg auf ihr Fahrrad und stellte ihren Dynamo an, weil es mittlerweile finster war. Der Baron erschien japsend im Dunkeln auf der Treppe und rieb sich das Knie.

«Warten Sie, Herrgott noch mal!» rief er. «Was haben Sie davon, Herrgott noch mal? Bleiben Sie doch! Erklären Sie es mir!» (Doch Aimée fuhr schon auf das Tor zu, der Kies spritzte prasselnd unter ihren Reifen weg, sie fuhr durch das Tor und verschwand.)

11

Als am selben Abend der Journalist DiBona einige Minuten vor Mitternacht nach Hause kam, saß Baron Jules auf der Treppe vor der Wohnung und wartete auf ihn. DiBona erzählte am nächsten Tag, der Baron sei ihm gleich betrunken vorgekommen, obwohl, bei dem Baron könne man ja nie wissen. Fest steht jedoch, daß der verelendete Landadlige sehr erregt und verärgert war. DiBona ließ ihn herein, und sie unterhielten sich. (Zwischendurch telefonierte DiBona mit der Druckerei von der *Dépêche*; und später in der Nacht, nach der Unterhaltung, verließ der Journalist noch einmal seine Wohnung und arbeitete die gesamte Titelseite und einen Teil der Innenseiten um.) Während der Unterhaltung trank der Baron große Mengen Rotwein, die ihm der andere einschenkte, und fuhr sich oft mit den Händen über das Gesicht, drückte mit beiden Handflächen kräftig unter die Augen, strich dann plötzlich, weiterhin kräftig drückend, in Richtung

Kinn, als ob er sehr hartnäckige Flecken oder Tätowierungen von seinen Wangen wegwischen wollte. Und dabei stand er dauernd von seinem Stuhl auf und setzte sich wieder. Er schritt auf dem stumpfen Parkettboden hin und her. Zeitweise war er redselig, dann wieder mußte man ihm jedes Wort aus der Nase ziehen. Während des gesamten Gesprächs verhielt er sich DiBona gegenüber äußerst aggressiv, was insofern verwunderte, als er doch schließlich aus freien Stücken gekommen war, niemand hatte ihn gezwungen und nichts nötigte ihn, dem Journalisten die Informationen zu liefern und sich auf diese Art zu äußern.

Als er zum Beispiel vage und abstrakt über Blévilles Vergangenheit geredet hatte und DiBona ihn fragte, was an dieser Vergangenheit denn so bemerkenswert sei, brüllte Baron Jules beinahe.

«Nichts!» brüllte er beinahe. «Nichts ist bemerkenswert! Korruption, passive Bestechung, Betrügereien aller Art und Weibergeschichten, wie überall. Wollen Sie denn nun was, um Lorque und Lenverguez fertigzumachen, ja oder nein?»

«Regen Sie sich nicht auf», sagte DiBona. (Er stellte ein staubiges altes Riesentonbandgerät auf die Wachstuchdecke eines runden Tischs.) «Schließlich sind Sie zu mir gekommen, nicht umgekehrt», stellte der Journalist fest. «Na ja, wir werden aufnehmen, was Sie zu sagen haben, für den Fall, daß es von Interesse ist.»

«Von Interesse?» wiederholte der Baron. «Sie

unverschämter Wicht, ich sage Ihnen doch, ich weiß alles über diese Stadt. Über Sie weiß ich auch alles, DiBona. Ich weiß, was Sie 1943 gemacht haben.»

DiBona blickte den Baron ausdrucklos an.

«Beschränken wir uns doch bitte auf das, was Lorque und Lenverguez betrifft, ja?» sagte der Journalist und stellte sein Gerät an.

Bereits am nächsten Tag wurde die Stimmung in der Stadt, die bereits wegen der Geschichte mit dem verfaulten Fisch aufgebracht war, zunehmend angespannter. DIE WAHRHEIT ÜBER LORQUE UND LENVERGUEZ titelte die *Dépêche de Bléville*, und der Untertitel lautete: *Die tödlichen Konserven sind nur das letzte Glied einer langen Reihe von Skandalen.* Sofort war die normalerweise friedliche Atmosphäre von Bléville zerschlagen, und in den darauffolgenden zwei Tagen kam es noch schlimmer. Die *Dépêche* brachte jeden Morgen Schlagzeilen über die «Skandale» und schnitt neue heikle Themen an. Nichts Außergewöhnliches. Zutage trat lediglich, daß man generell die Gemeindepolitik dahingehend betrieben und die öffentlichen Gelder derart eingesetzt hatte, daß immer auch den Interessen von Lorque und Lenverguez gedient war. Nichts, worüber man sich hätte entrüsten können. Doch der Tod des Babys, von zwei oder drei Greisen und etwa dreißig Kühen, die durch die Produkte von L&L, die «Hochseefischer»-Konserven und den «Babyglück»-Brei, vergiftet worden waren, hatte Leidenschaften entfesselt. Viele ehrenwerte Leute gaben vor, sich zu entrüsten; etliche entrüsteten sich ernstlich, aus Dummheit. Andere ergriffen für Lorque und Lenverguez Partei. Die Bürgerschaft von Bléville wurde in zwei Lager gespalten.

Mittags im *Grand Café de l'Anglais* war die Atmosphäre äußerst gespannt. Ab 11.30 Uhr belagerte DiBona, meist gefolgt von Georges Rougneux, Robert Tobie, dem Buchhändler und dem Apotheker, den hinteren Teil der Gaststätte. Man trank Ricard, man schlug die *Dépêche* auf, man reichte sich die Seiten weiter, kommentierte sie, laut und hämisch lachend. Um 12.30 Uhr stieß der leitende Angestellte Moutet zu den Trinkenden, die ihm auf die Schulter klopften. Der Mann war noch nicht angeklagt worden, obwohl er schon zweimal vom Untersuchungsrichter vernommen worden war. Er sprach schneller und mit einer höheren Stimme als sonst. Sein Teint war frischer, seine Gesten lebhafter, und er trank jedesmal mehrere Halbe deutsches Bier. Etwas später kam Sinistrat zwischen zwei Hausbesuchen, um sich für vierzig Minuten zu der lärmenden Gruppe zu gesellen. Mit noch ätzenderem Lächeln als gewöhnlich, barscher Stimme, halbgeschlossenen Augen und nach hinten geworfenem Kopf, um den Rauch seiner Zigarette zur schmutzigen Decke zu blasen, warf sich der Arzt als scharfsinniger Analytiker, kaltherziger Extremist und Machiavelli in Pose.

«So», meinte DiBona zu ihm, «jetzt hat der gute

Lenverguez also zwei Gründe, Sie nicht unbedingt in sein Herz zu schließen, was? Ihre Artikel und dann seine Frau ...»

Sinistrat lächelte, ohne dem Klatsch zu widersprechen. Plötzlich setzte er eine ernste Miene auf.

«Das hat nichts mit privaten Angelegenheiten zu tun», sagte er. «Im Grunde geht es hier um Politik.»

Pünktlich um 13 Uhr betraten Lorque und Lenverguez und deren Ehefrauen die Gaststätte, ließen zerstreut ihre Blicke durch den Raum schweifen, schüttelten die Hände von Bekannten und stiegen zur oberen Galerie hinauf, um zu Mittag zu essen. Da DiBona und seine Gefährten hinten im Raum saßen, beschnitt die Galerie über ihren Köpfen ihr Blickfeld, so daß sie sich, das Kinn nach oben gerichtet, etwas über ihre Gläser beugen mußten, um zur Tischgesellschaft der Industriellen hochschielen zu können, dadurch wirkten sie duckmäuserisch und schwach.

Doch Aimée zeigte sich nicht im *Grand Café de l'Anglais* und auch sonst nirgendwo in der Stadt, außer, wenn sie von ihrem Appartement zu einem Tabakladen am Hafen fuhr, wo sie Zeitungen und Kriminalromane kaufte. Die übrige Zeit blieb sie in ihrem Appartement, um ein wenig nachzudenken und um vor allem die Zeitungen und die Kriminalromane zu lesen.

Am frühen Morgen des vierten Tages erhielt sie einen Anruf von Baron Jules, der sich seit seiner Unterredung mit DiBona offenbar verkroch. Der

Mann schien nervös zu sein, müde, vielleicht ein bißchen schadenfroh, aber vor allem verbittert.

«Ja», sagte Aimée. «Einverstanden. Wollen Sie nicht lieber zu mir kommen?» (Der Baron verneinte.) «Na gut», sagte Aimée, «wann Sie wollen. Sofort, wenn Sie wollen.» (Doch der Baron meinte nein, ihm wäre es lieber, wenn sie genau um 17 Uhr kommen würde.) «Gut», sagte Aimée.

Sie verbrachte den Tag in ihrem Appartement, las, sah sich dann im Fernsehen eine Bildungssendung für Hausfrauen an und eine Folge eine dummen, aber entspannende amerikanische Serie. Um 16 Uhr öffnete sie eine Dose mit Cornedbeef und aß es. Dann verließ sie das Haus. Sie fuhr an dem Tabakladen vorbei, um Zeitungen zu kaufen. Die *Dépêche* veröffentlichte neue Enthüllungen, beschuldigte Maître Lindquist der Korruption und forderte die Einleitung eines Ermittlungsverfahrens gegen Lorque, Lenverguez und den Notar. Aimée fuhr auf ihrem Raleigh zum Baron. Der Mann empfing sie auf der Freitreppe.

«Können Sie einen Moment bleiben?» fragte er gleich. «Bis 18 Uhr?»

«Ich weiß nicht», sagte Aimée.

Der Baron trug eine weite, gestreifte Hose und einen blauen Matrosenpullover. Er war barfuß in gipsverschmierten Tennisschuhen. An diesem Morgen hatte er sich nicht rasiert, und kräftige weiße Barthaare waren auf seinen rosigen Wangen zu sehen. Er wirkte abgespannt und hatte dunkle Ringe um seine geröteten Augen. Der Mann schien nicht stillhalten zu können. Er nahm Aimée am Arm und zog sie planlos durch den Garten. Es war mild. Der Himmel grau verhangen. Man hörte in der Ferne auf den Stoppelfeldern einen Traktor tuckern.

«Alles, was sie in der *Dépêche* auspacken, kommt von mir», sagte der Baron.

«Ja, hab ich mir gedacht.»

«Sie müßten zufrieden sein.»

Aimée zuckte mit den Schultern.

«Ich bin nicht zufrieden», sagte der Baron.

«Ja… Nein», sagte Aimée und nickte.

«Der eine ist doch genausowenig wert wie der andere», sagte der Baron. «Meinen Sie etwa, DiBona verdient es, daß man ihm Waffen in die Hand gibt? Wissen Sie, was DiBona 43 gemacht hat?»

«Ist mir vollkommen egal.»

«Er hat die Fallschirmjäger an die Deutschen verpfiffen.»

«Ist mir vollkommen egal», wiederholte Aimée.

«Sie haben mich gedrängt», sagte der Baron mürrisch. «Sie haben mich dazu gedrängt, einen Clan gegen den anderen auszuspielen, bei denen mitzumischen. Das gefällt mir nicht.»

«Sie können mich mal, wenn Ihnen das nicht gefällt», meinte Aimée zu ihm. «Mir ist kalt.»

Der Baron nahm Aimée wieder am Arm. Da waren die beiden gerade eine Runde um das Haus gegangen. Der Mann zog die junge Frau zu einer kleinen Tür an der Rückseite des Gebäudes. Sie traten ein, stiegen drei Stufen hoch und standen plötzlich in der Halle, in der die Weatherby-Regency-Flinte an der Wand hing. Der Baron ging zur Treppe.

«Warten Sie ab, Sie werden schon noch sehen», sagte er böse und selbstzufrieden.

Aimée folgte ihm über die Treppe bis zum Observatorium. Das durch die bunten Glasfenster gebrochene Licht erzeugte Farbreflexe auf den Wänden, den Instrumenten und dem lackierten Rolltisch, auf dem braune DIN-A4-Umschläge lagen.

«Ich habe die letzten drei Tage nachgedacht. Das ist noch gar nichts, was ich über die ausgepackt habe. Ich kann noch ganz anders. Bei den übrigen auch, ich kann noch ganz anders. Ich kann diese Stadt führungslos machen.»

«Dann tun Sie's doch», sagt Aimée gelangweilt.

Lächelnd drückte der Baron mit der flachen Hand auf die prall gefüllten Briefumschläge. Dann trat er zurück und lehnte sich mit verschränkten Armen an die Wand. Aimée nahm einen Umschlag, auf dem *Jacques Lorque* stand. Sie besah sich noch zwei oder drei weitere, *DiBona, Doktor Claude Sinistrat, Lindquist*…

«Sie sind nicht zugeklebt. Sehen Sie hinein», sagte der Baron. «Die Hälfte wandert ins Gefängnis, die anderen verlieren ihren guten Ruf. Sehen Sie doch rein.»

«Das interessiert mich nicht. Ist mir egal», sagte Aimée müde und gelangweilt und wandte sich von den Umschlägen ab.

«Hunde! Schweine! Geier!» rief der Baron mit hoher Stimme. (Er trat erregt von der Mauer weg.) «Die haben alle Dreck am Stecken, so verstehen Sie doch!»

«Dreck am Stecken oder nicht. Selbst wenn sie unbescholten wären», sagte Aimée. (Sie sprach ihren Satz nicht zu Ende.)

«Ich habe sie alle für 18 Uhr herbestellt. Ich werde ihnen die Umschläge zeigen. Es sind Kopien. Sie werden sehen, was die für Fressen ziehen.»

«Werden Sie ihnen die Originale verkaufen?»

«Wofür halten Sie mich?!» brüllte der Baron.

«Das hab ich gesagt, um Sie zu provozieren. Was werden Sie tun?»

«Ich werde alles an die Pariser Presse schicken», sagte der Baron. «Doch zunächst zeige ich ihnen ein Exemplar, damit sie ins Schwitzen kommen, damit sie wissen, was sie erwartet.»

Der Baron bewegte sich ein kleines Stück zur Seite und lachte dabei still in sich hinein. In diesem Augenblick fiel ein Sonnenstrahl durch das Buntglasfenster und warf einen scharlachroten Fleck auf den Hals des Mannes. Man hätte meinen können, daß der Hals offen, dem Mann die Kehle durchgeschnitten wäre. Da durchzuckte Aimée eine ängstliche Gewißheit, bei der ihr ganz schwindelig wurde.

«Was machen Sie denn für ein Gesicht?» fragte der Baron. «Das wollten Sie doch, oder? Das wollten Sie doch! Ich verstehe zwar nicht, warum, aber das wollten Sie doch!» wiederholte er überzeugt.

Aimée machte auf der Stelle kehrt und stürmte die Treppe hinunter. Der Baron blieb einen Moment verdutzt stehen. Dann stürzte er zur Treppe und hastete Aimée hinterher.

«Streiten Sie es bloß nicht ab!» rief er. «Ich weiß, daß Sie es gewollt haben.»

«Lassen Sie mich. Lassen Sie mich zufrieden», sagte Aimée, als sie an der Weatherby-Regency vorbei so schnell wie möglich durch die Halle lief.

Sie rannte aus dem Haus, stieg auf ihr Fahrrad. Und wieder verließ sie das Anwesen, während der Baron auf der Freitreppe auftauchte und vergeblich versuchte, sie zurückzuhalten.

«Sie sind in zwanzig Minuten hier», rief er. «Bleiben Sie! Sie werden sehen, wie ihre widerlichen Fressen kreidebleich werden. Bleiben Sie!»

Aimée verschwand. Baron Jules ließ seine Arme sinken. Mit enttäuschtem und unentschlossenem Gesicht kehrte er ins Haus zurück. Währenddessen fuhr Aimée auf der Straße aus dem Weiler hinaus in Richtung Bléville. Nach einigen hundert Metern entdeckte sie auf der rechten Seite ein kleines Waldstück. Sie bremste und stieg ab. Sie schob ihr Fahrrad und verließ die Straße. Es war niemand zu sehen. Sie versteckte sich mit ihrem Rad in dem Wäldchen.

12

In ihrem Versteck brauchte Aimée nicht lange zu warten. Nach einer knappen Viertelstunde sah sie nacheinander Autos in den Weiler fahren. Zehn Minuten lang folgte ein Fahrzeug dem anderen, alle ein oder zwei Minuten, manchmal in noch kürzeren Abständen. Drei Wagen fuhren fünfzig bis sechzig Meter hintereinander, sozusagen in der Kolonne. Insgesamt zählte Aimée mehr als zehn Autos. Im schützenden Halbschatten des Wäldchens hinter Dornengestrüpp verborgen erkannte sie die meisten Fahrer, zum Beispiel den Buchhändler Rougneux am Steuer eines Renault 6, den Apotheker Tobie in einem GS. Lorque mit den dunkelbraunen Augenlidern fuhr einen schweren tabakbraunen Mercedes. In einem anderen Mercedes saß ein Fahrer mit Straßenanzug und Schirmmütze am Steuer und auf der Rückbank der dünne, einsilbige Lenverguez. Vorbei kamen auch Doktor Sinistrat, Notar Lindquist und der leitende Angestellte Moutet in seinem

Alfa Romeo. Zwei oder drei andere Autos wurden von ihr unbekannten Leuten gefahren, so zum Beispiel der 1,2tonner, ein Citroën-Lieferwagen mit dem seitlich angebrachten Schild: GERAUD & SÖHNE – *Hoch- und Tiefbau – Planung und Ausführung*. Um 18.05 Uhr kam der Journalist DiBona als letzter auf einem verdreckten polnischen WSK-Motorrad vorbei. Er trug einen Ledermantel und einen englischen Schildhelm.

Dann war weit und breit niemand mehr zu sehen. Aimée blieb still im Halbschatten des Wäldchens stehen und rauchte zwei Zigaretten. Sie fror ein wenig. Sie hockte sich neben ihr Fahrrad, lockerte das Ventil des Hinterreifens und drückte darauf. Die Luft entwich aus dem Reifen. Als er platt war, stand Aimée wieder auf.

Wieder kamen die Autos vorbei, kehrten aus dem Weiler zurück nach Bléville. Sie fuhren schnell, man hörte deutlich, wenn die Fahrer am Ausgang des Weilers hochschalteten. Die Motoren heulten auf, als ob sie Wut oder Angst gepackt hätte. Aimée ließ alle vorbeifahren, ohne sich zu zeigen, bis als letzter etwas später als die anderen der tabakbraune Mercedes von Lorque kam. Als sie ihn mit mäßigem Tempo auftauchen sah, eilte Aimée aus dem Wäldchen zurück auf die Straße. Sie hielt ihr Fahrrad am Lenker und stellte sich in die Mitte der Fahrbahn. Mit einer Hand winkte sie, um das Auto anzuhalten.

«Ich habe eine Panne», sagte sie zu Lorque und

zeigte dabei auf ihren platten Hinterreifen. «Können Sie mich mit zurück in die Stadt nehmen?»

Lorque half ihr, das Raleigh in dem großen Kofferraum des Mercedes zu verstauen. Er setzte sich wieder ans Steuer. Aimée nahm neben ihm Platz. Der Mann hatte einen verkniffenen Mund und sah besorgt aus. Er startete ziemlich sanft, gab dann plötzlich Gas.

«Fahren Sie nicht so schnell», sagte Aimée. «Ich bin nicht das, wofür Sie mich halten. Ich habe Ihnen einen Vorschlag zu machen, der Sie überraschen wird. Von hier bis Bléville müssen Sie mir zuhören; und mir ja oder nein gesagt haben.»

Kurze Zeit später parkte Lorque den Mercedes hinter der Fischhalle in einer einsamen schmutzigen Straße, weil das Gespräch zwischen ihm und Aimée noch nicht beendet war. Es war mittlerweile dunkel geworden. Katzen streunten zwischen Bergen von Muschelschalen herum. Im Auto sprachen oder schwiegen Lorque und Aimée, je nachdem. Einmal hielt sich Lorque beide Hände vors Gesicht, und Aimée schien barsch mit ihm zu reden. Ein andermal lachte er laut los, doch es schien ein gezwungenes Lachen zu sein.

«Sie könnten mit dem Baron unter einer Decke stecken», sagte Lorque irgendwann.

«Das Risiko müssen Sie eingehen.»

«Also ein Risiko.»

«Für meine Freunde ist es auch ein Risiko», sagte Aimée.

«Kenne ich sie? Habe ich sie schon mal getroffen?» fragte Lorque.

Aimée schüttelte den Kopf.

«Sie haben sie noch nie gesehen. Und Sie werden sie nie sehen.»

«Ich muß ein paar Stunden darüber nachdenken», sagte Lorque. «Ich rufe Sie heute Nacht an.»

«Am Telefon sagen Sie nur ja oder nein», meinte Aimée. «Drei Stunden nach Ihrem Anruf treffen wir uns wieder hier. Dann ist die Angelegenheit geregelt. Ich bringe Ihnen die Dokumente, die Sie betreffen. Sie hinterlegen bis dahin 40000 Franc in einem Schließfach der Gepäckaufbewahrung. Und geben mir den Schlüssel.»

«Es wäre einfacher, wenn ...»

«So, und nicht anders», meinte Aimée im Befehlston.

«Das ist eine Menge Geld», sagte Lorque noch. (Aimée erwiderte nichts. Sie blickte geradeaus durch die Windschutzscheibe in die Nacht. Lorque zuckte mit den Schultern.) «Ist gut», sagte er und drehte sich zu der jungen Frau. «Ich bräuchte bloß einen Beweis, daß die Angelegenheit endgültig geregelt ist. Wie soll ich sagen ...»

«Ein Polaroid», sagte Aimée. «Reicht das?»

«Das reicht.»

Aimée sah auf ihre Uhr. 19.10 Uhr. Die Waffenläden würden bald schließen. Sie blickte Lorque gelassen an.

«Gut», sagte sie, um das Gespräch zu beenden.

«Ich bin sprachlos», bemerkte Lorque mit einem fast unwillkürlichen Lächeln. «Ich dachte, ich traue meinen Ohren nicht, wissen Sie. Ich fand Sie sonderbar, aber das… nein. Ich bin mir immer noch nicht sicher, ob das alles wahr ist. Ich brauche ein oder zwei Stunden, bis ich weiß, ob das wahr ist oder nicht.»

«Es ist wahr», sagte Aimée. «Mein Vorschlag ist wahr. Alles ist ausgesprochen wahr.»

Lorque griff sie am Handgelenk und sah ihr tief in die Augen. Unwillkürlich grinste er etwas. Mit der anderen Hand faßte er Aimée in den Nacken, zog die junge Frau zu sich und gab ihr keuchend einen Kuß. Sie ließ sich küssen. Er hatte einen heißen Mund. Dann machte sie sich los.

«Genug», sagte sie.

«Du erregst mich», sagte Lorque. «Verschwinden Sie anschließend? Ja, bestimmt. Sie müßten…» (Er hielt inne.) «Ich könnte…» (Er hielt wieder inne, machte dann eine vage Geste.)

«Nein, ausgeschlossen», sagte Aimée und öffnete die Wagentür.

Lorque half ihr nicht, das Fahrrad aus dem Kofferraum zu heben. Als sie den Kofferraum wieder geschlossen hatte, startete er und schaltete das Abblendlicht ein. Der Mercedes fuhr fast geräuschlos an und verschwand. Aimée nahm die Luftpumpe und pumpte den Hinterreifen wieder auf. Gegen 19.20 Uhr betrat sie einen Laden für Jagd- und Anglerbedarf im Zentrum von Bléville. Sie kaufte Patronen Kaliber 12 mit grober Schrotkörnung.

Dann machte Aimée bis spätabends Besuche in der Stadt und traf geheime Absprachen. Die Dinge brauchten Zeit. Denn bei den meisten ihrer Gesprächspartner mußte die junge Frau ihren Vorschlag in abgeschwächter Form oder als eine Art Scherz unterbreiten. Im Gegensatz zu dem, was in den anderen Städten manchmal abgelaufen war, konnte Aimée diesmal direkt zur Sache kommen.

«Ich weiß, daß der Baron im Besitz von Dokumenten ist, die Sie gern zurückbekommen möchten», sagte sie zu fast allen, mit denen sie redete. «Ich habe Freunde, die bereit sind, sie für Sie zurückzuholen. Nein, unterbrechen Sie mich nicht. Hören Sie zu.»

Der Rest folgte mehr oder weniger schnell, mehr oder weniger leicht.

«Liebe Madame Joubert, ich bin entsetzt!» rief Lindquist, doch da entschied sie sich für eine härtere Gangart, wurde böse und gemein, das brach seinen Panzer aus Ehrbarkeit auf und trieb den Mann in die Enge; er widersetzte sich nicht lange, als sie ihm ihren Vorschlag machte.

Aimée war gegen 23 Uhr wieder in der *Résidence des Goélands*. Sie störte die Verwalterin beim Fernsehen, um ihr mitzuteilen, daß sie Bléville noch am gleichen Abend verlassen würde. Die Verwalterin grummelte zwar etwas, doch Aimée hatte ihr Appartement bis zum Wochenende bezahlt, es sprach also nichts dagegen. Dann ging die junge Frau hoch in ihr Appartement. Sie packte ihre Sachen. Das Telefon klingelte. Sie nahm den Hörer ab. Es war Lorque.

«Ich kann es immer noch nicht glauben», sagte er.

«Ja oder nein?» fragte Aimée.

«Ja. Was habe ich denn zu verlieren?»

«Gut», sagte Aimée.

Sie beendete das Gespräch, indem sie mit dem Daumen auf die Gabel drückte. Gleich danach wählte sie die Taxirufsäule vor dem Bahnhof an, an deren Seite ein Emailschild mit der Aufschrift HALTET EURE STADT SAUBER angebracht war. Dem Auftrag von Aimée entsprechend stand gegen 0.15 Uhr ein Taxi unten vor dem Haus. Die junge Frau war mit ihrem Gepäck schon in der Halle. Sie ließ sich zum Bahnhof fahren und brachte ihr Gepäck in Schließfächern unter. Sie behielt nur ihre Handtasche, in der sich unter anderem eine kleine Sofortbildkamera, Zweitschlüssel zu allen Gepäckfächern und sechs Patronen Kaliber 12 befanden. Im Anschluß an eine Nachtfähre aus dem Ausland gab es um 4.35 Uhr einen Zug. Aimée kaufte eine Fahrkarte nach Paris. Dann verließ sie den Bahnhof wieder, nahm erneut ein Taxi und ließ sich zur *Résidence des Goélands* zurückbringen. Sie holte ihr Fahrrad. Mit der Tasche über der Schulter trat sie kräftig in die Pedale und fuhr zum Baron.

Es war 1.10 Uhr, als sie ankam. Es war gerade eineinhalb Stunden her, daß Lorque angerufen hatte, um ja zu sagen. Aimée verzog das Gesicht, als sie in der ersten Etage des Hauses im Schlafzimmerfenster des Barons Licht sah. Darauf bedacht, daß der Kies nicht knirschte, bewegte sich die junge Frau im Dunkeln vorwärts, dann lehnte sie ihr Fahrrad an die Mauer des Landsitzes. Sie wartete reglos in der kalten Nacht, ohne etwas zu empfinden. Das Licht ging aus. Aimée wartete noch eine gute Viertelstunde. Gelegentlich klapperten ihre Zähne, ihr Magen verkrampfte sich, und sie schwitzte, doch sie empfand noch immer nichts. In diesem Augenblick hätte sie wieder fahren können, zurück zum Bahnhof, alle Schließfächer der Gepäckaufbewahrung öffnen, das Geld nehmen, das in bestimmten Fächern lag, und mit dem 4.35-Uhr-Zug verschwinden können. Sie wühlte in ihrer Tasche. Ohne hinzusehen, streifte sie die Haushaltshandschuhe über. Sie ging um das Gebäude herum. Aus den Kaninchenställen hörte man dumpfe Geräusche, weil die verstörten Tiere hin- und hersprangen. Aimée ging auf die kleine Hintertür zu und wollte sie mit einem Dietrich öffnen, doch sie war nicht zugeschlossen. Die junge Frau knipste eine kleine, kugelschreiberartige Taschenlampe an. Nachdem sie die Halle durchquert hatte, ging sie einige Schritte in den Salon. Das schmale Lichtbündel ihrer Stablampe glitt suchend über die Möbel und Schubfächer, die aufgemacht, und falls nötig, aufgehebelt werden mußten, um einen Einbruch vorzutäuschen. Dann ging Aimée zurück in die Halle, nahm die Weatherby-Regency von der Wand und öffnete sie. Sie war nicht geladen. Sie lud sie mit zwei 12er Patronen. Stieg vorsichtig die Treppe hoch. Im Flur der ersten Etage stand die Schlafzimmertür offen. Man hörte den Baron schnarchen.

Aimée ging in das Zimmer, schaltete das Licht an und richtete die Weatherby auf den Baron. Durch das Licht wurde der Baron zunächst nicht wach. Er lag auf der Seite und schnarchte. Sein Gesicht hatte einen trotzigen Ausdruck.

Mit der Flinte im Anschlag betrachtete Aimée etwa dreißig bis vierzig Sekunden lang den schlafenden Baron, ohne zu schießen. Sie runzelte die Stirn, bekam blasse Lippen, biß auf ihnen herum. Es schien ihr schwerzufallen, die Weatherby geradezuhalten. Wütend stampfte sie mit einem Fuß auf den Boden.

«Schieß doch, Herrgott noch mal!» rief sie.

Der Baron öffnete die Augen. Aimée drückte auf den Abzug. Sie sah nicht, wo die Schrotgarbe einschlug. Der mit einem gestreiften Schlafanzug bekleidete Baron sprang aus dem Bett und stieß dabei ein eigenartiges Muhen aus. Beinahe wie eine gelangweilte Kuh.

«Kacke! Verdammt aber auch!» schrie Aimée und stampfte wieder mit dem Fuß auf.

Sie schoß den zweiten Lauf der Bockdoppelflinte leer. Die Garbe traf den Baron seitlich am Kopf. Scharlachrotes Blut spritzte an die weiße Wand, bildete kleine Verästelungen und zog dann in den Gips ein, während sich der Mann um sich selbst drehte und dann vor dem Bett auf die Knie und die Unterarme plumpste. Er streckte die Beine zuckend von sich, zog sie dann wieder zum Körper.

13

Aimée verzog ihr Gesicht und entblößte dabei ihre Zähne. Sie ließ die Flinte fallen, fing dann an zu keuchen, brüllte schließlich und hielt sich dabei den Kopf mit beiden Händen.

«Hören Sie auf, so zu schreien», sagte der Baron.

Sie war sofort still.

«Hab ich Sie verfehlt?» fragte sie unsicher.

«Gewissermaßen.»

Seitlich am Schädel hatte der Baron eine scharlachrote Schnittwunde, aus der ihm zinnoberrotes Blut allmählich immer langsamer ins Auge und über die Wange lief. Aimée hob die Weatherby auf und öffnete sie. Die leeren Patronen wurden ausgeworfen. Die junge Frau wollte neu laden. Doch sie schaffte es nicht, wegen der Handschuhe oder weil sie nervös war. Zwischen den zusammengebissenen Zähnen stieß sie einen Fluch aus und setzte sich auf den Boden, um bequemer laden zu können. Der Baron, der Aimée den Rücken zugedreht hatte, schleppte sich bis zur Wand. Es gelang ihm, sich aufzurichten, indem er sich an die gestapelten Kartons mit Whisky, Pastete und englischen Zigaretten klammerte. Dann ließ er sich zwischen den Kartons und der Wand wieder auf den Boden gleiten. Aimée schloß die wieder geladene Weatherby.

«Sie geben mir doch jetzt nicht etwa den Gnadenschuß, oder?» sagte der Baron.

«Ich weiß nicht. Ich weiß es wirklich nicht.»

Aimée schwieg einen Moment, stellte sich dann hin, ließ die Flinte aber liegen.

«Ich muß Sie verarzten», sagte sie.

«Bleiben Sie stehen, es geht mir ausgezeichnet, kommen Sie nicht näher. Ich verbiete Ihnen näherzukommen!» schrie der Baron.

Aimée gehorchte.

«Ich bin jetzt ganz durcheinander, weil ich Sie verfehlt hab», meinte sie. «Das ist mir noch nie passiert.»

«Haben Sie viele umgebracht?»

«Sieben», sagte Aimée.

«Ich habe geahnt, daß es da etwas gibt», sagte der Baron. «So etwas hatte ich nicht gedacht. Ich habe genau gespürt, daß Sie was Besonderes sind.»

«Meinen Mann nicht mitgezählt», sagte Aimée. (Sie lachte glucksend auf und warf dabei den Kopf nach hinten.)

«Bravo, bravo», sagte der Baron. (Er zog ein großes, schmutziges Taschentuch aus seiner Schlafanzugtasche und drückte es auf die oberflächliche Wunde am Kopf. Er verzog das Gesicht.)

«Bei Ihnen geht es irgendwie nicht.» (Aimée trat zwei Schritte zurück und schüttelte ratlos den Kopf.) «Ich weiß nicht warum, aber es geht nicht. Ich hätte es können müssen, aber ich kann nicht. Verdammt, ich rede ziemlich verworrenes Zeug. Ich werd es nicht fertigbringen.»

«Machen Sie das zum Vergnügen?»

Aimée schüttelte den Kopf und gluckste wieder.

«Ich werde dafür bezahlt», sagte sie stolz.

«Wer hat Sie dafür bezahlt, mich umzubringen?»

Aimée schüttelte wieder den Kopf.

«Ich werde es Ihnen nicht sagen. Ein Kunde ist ein Kunde. Ein Vertrag ist ein Vertrag. Ich werde Ihnen nichts sagen.»

«Lorque?» half der Baron nach.

«Lorque und alle anderen», sagte Aimée. «Lindquist. Sinistrat. Rougneux. Und so weiter. Und so weiter. Auf mich warten zweihundert Riesen in der Gepäckaufbewahrung.»

«Zweihundert Riesen?» wiederholte der Baron ungläubig.

«Zweihundert Mille, zwanzig Millionen Centimes. Ich bekomme von allen Geld. Jeder glaubt, er ist der einzige. Das ist mein bester Coup. Ich kann in Rente gehen.» (Sie brach in Tränen aus und setzte sich auf den Boden.) «Hab ich Ihnen weh getan?» fragte sie kurz darauf.

«Es geht», sagte der Baron.

Er war bleich.

«Sie sind ganz weiß», sagte Aimée.

«Der Schock. Geht schon. Ich blute nicht mehr. Ist nur die Kopfhaut. Es hat mich nicht mal umgehauen, jetzt stehen Sie schön da.»

«Ich bin erledigt», sagte Aimée. «Bis jetzt lief es immer so, wie ich wollte, verstehst du. Kannst du ja nicht wissen.» (Sie hatte wieder zu weinen angefangen, aber leise.) «Das erste Mal, mein Mann, das war wie eine Erleuchtung, das kannst du dir nicht vorstellen. Ich war doof, verstehst du. Ein Ingenieur. Ich hab fast sieben Jahre mit dem Typen zusammengelebt. Ein normaler Typ. Da draußen, in der Vorstadt.» (Aimée machte eine vage Geste ungefähr in Richtung Groß-Paris, aber vielleicht meinte sie auch eine andere Stadt.) «Normal, der Typ», wiederholte sie. «Sechs Ricard am Tag. Er hat mich immer verdroschen. Normal. Ich hab nichts gespürt.»

Sie nickte überzeugt. Unvermittelt erzählte sie, wie sie eines Tages das Tranchiermesser aus dem offenen Schubfach genommen hatte. Ihr Mann beschimpfte sie auch nicht zum ersten Mal. Im Gegenteil, das war schon Jahre so gegangen. Sie nahm also das Messer, das in einem länglichen Pappfutteral steckte und stach es ihrem Mann in die Leber, ohne vorher die Pappe abzunehmen. Den Polizisten und dem Untersuchungsrichter sagte sie, daß der Mann in das Messer gefallen wäre. Sie zögerten nur kurz und glaubten ihr dann halbwegs. Der junge

Untersuchungsrichter, der spitzfindig sein wollte, schien der Sache mit dem Pappfutteral eine besondere Bedeutung beizumessen. Wenn man jemanden erdolchen will, tut man das mit bloßer Klinge, behauptete er. Und dann waren hauptsächlich die Fingerabdrücke des Mannes auf dem Griff, weil immer nur er den Braten oder das Geflügel tranchierte und das Werkzeug wetzte. (Er sagte, daß die junge Frau es nicht wetzen konnte.) Übrigens gab der Ehemann keine Gegendarstellung ab. Obwohl er zehn Stunden brauchte, um zu sterben. Er war offenbar bei Bewußtsein, sagte aber kein Wort. Er schien in Gedanken versunken zu sein und starb schließlich. Gegen die junge Frau wurde keine Anklage erhoben.

«Das war wirklich eine Erleuchtung, weißt du», sagte sie zum Baron. «Man kann sie umbringen. Man kann die doofen Arschlöcher umbringen. Andererseits wollte ich Geld, hatte aber keine Lust zu arbeiten.»

«Ist doch logisch», sagte der Baron.

«Das, was ich mache, ist nämlich auch eine Arbeit, müssen Sie wissen», sagte Aimée und siezte den Baron wieder. (Und auch ihre Stimme, die kurz zuvor energielos geworden war, klang fast wieder wie sonst, präzise, entschieden, vom Tonfall her geradezu elegant.)

Sie wirkte wie geistesabwesend. Sie schien auf den Baron zu blicken, ohne ihn zu sehen. Der Mann lehnte sein Kinn an die aufgestapelten Kartons, hinter denen er sich verschanzt hatte. Er hatte bleiche Lippen und eingefallene Wangen. Aimée beschrieb ihm in groben Zügen ihre Arbeit, wie sie von Stadt zu Stadt zog, jedesmal eine neue Identität annahm, sich der besseren Gesellschaft, das heißt der Gesellschaft der Reichen anschloß. Und wie sie die einzelnen beobachtete, ihre Lebensabläufe und die unweigerlich auftretenden Konflikte zwischen ihnen.

«Man findet schließlich immer was», sagte die junge Frau. «Es gibt immer irgendeinen oder irgendeine, die ein anderes dummes Arschloch umbringen möchten. Der Rest ist eine Frage des Fingerspitzengefühls. Ganz nah an den Kunden rankommen. Ans Töten denkt er ja schon, und dieser Gedanke darf ihm nicht mehr aus dem Kopf gehen. Zuletzt bietet man seine Dienste an, möglichst in einer Krisensituation. Ich sage ihnen nicht, daß ich ein Killer bin. Ich bin eine Frau, sie würden mich nicht für voll nehmen. Ich sage ihnen, daß ich einen Killer kenne. Manchmal lasse ich verlauten, daß er mein Liebhaber ist. Da werden sie eifersüchtig. Das ist drollig.» (Sie seufzte.) «Na ja, und jetzt ist es schiefgegangen.»

«Hm?» meinte Baron Jules undeutlich.

«Es lief schon von Anfang an nicht gut für mich hier in Bléville», sagte Aimée. «Ich habe Zeit verloren. Ich wußte nicht, wen ich umbringen sollte. Irgendwann wollte ich Mütterchen Sinistrat vorschlagen, ihren Schweinehund von Ehemann abzuknallen. Oder Sinistrat und seiner Julie vorschlagen, den alten Lenverguez zu killen. Aber das ging nicht. Die Leute sind zu doof. Sie dagegen sind das richtige Wild, die richtige Zielscheibe.» (Sie drehte mehrmals schnell und heftig ihren Kopf hin und her. Ihre blonden Haare gerieten durcheinander. Strähnen hingen ihr in die Stirn und den Nacken.) «Aber es geht nicht», sagte sie wieder. «Sie verabscheuen sie noch mehr als ich. Sie sind noch bekloppter als ich. Einen Typen wie Sie kann ich nicht umbringen.»

«Das wäre sowieso nicht durchführbar gewesen», murmelte der Baron. (Ihm fiel es anscheinend schwer, den Kopf hochzuhalten. Aimée war in Gedanken versunken, bemerkte nicht, wie es um ihn stand.) «Man kann nicht jeden einzelnen umbringen», brummte er. «Sie wären gezwungen gewesen, irgendwann aufzuhören. Früher oder später wären Sie geschnappt worden. Aber trotzdem. Die bestehenden Gesetze sind gegen das Gesetz eines einzelnen geschützt, weil sie keine inhaltsleere, abgestorbene Notwendigkeit ohne jegliches Bewußtsein darstellen, sondern weil sie eine geistige Universalität darstellen und eine Substanz, in der diejenigen, die diese Substanz reell verkörpern, als Individuen leben und sich ihrer selbst bewußt sind; also, selbst wenn sie jammern...» (Der Baron hielt inne und hustete. Blutiger Schaum kam ihm aus den Nasenlöchern.) «Selbst wenn sie jammern», fuhr er fort, «über diese universelle Ordnung klagen, weil sie im Widerspruch zu ihrem inneren Gesetz steht, selbst wenn sie angesichts dieser Ordnung tun, was ihnen ihr Herz befiehlt, so sind sie in Wirklichkeit mit ihrem Herzen an diese Ordnung gebunden wie an ihr Wesen, und wenn sie dieser Ordnung beraubt werden oder sich selbst von ihr ausschließen, verlieren sie alles.»

«Ich verstehe nicht, was Sie da sagen und bin überhaupt nicht Ihrer Meinung!» rief Aimée. «Ich meine bloß, daß ich einen Mann wie Sie nicht umbringen kann!»

«Jetzt vielleicht nicht mehr», sagte der Baron mit einem ganz verzerrten, müden Gesicht. «Aber Ihren ersten Schuß hab ich in den Bauch bekommen. Scheiße, so ein Blödsinn!» rief er wütend. «Du hast mich umgebracht.»

Sein Kopf kippte nun ganz nach vorn. Sein Körper sackte zusammen und fiel vor die Mauer. Da er nun nicht mehr von den Kartons verdeckt war, sah Aimée, daß der Schlafanzug und die gesamte untere Partie seines Rumpfes durchlöchert und voller Blut waren, und daß der Baron tot war. Die junge Frau wollte eigentlich aufstehen und zu der Leiche gehen, ließ es dann jedoch sein und blieb einfach sitzen. Sie rauchte eine Zigarette.

«Armer alter Junge», sagte sie schließlich. «Du wirst schon sehen, was ich mache. Jetzt geht's rund. Du wirst schon sehen, was ich mit der Saubande machen werde.»

Sie stand auf und verließ das Haus.

14

«Aber, aber, meine Kleine!» sagte Kommissar Fellouque, als er Aimée auftauchen sah. «Sie werden sich noch das Genick brechen. Wohin fahren Sie denn so schnell? Ist irgendwas nicht in Ordnung?»

«Ich hab gerade Baron Jules mit einem Jagdgewehr erschossen», sagte Aimée.

«Verdammt!»

Der Schönling von der Polizei hielt sich unschlüssig den Handrücken an die Lippen. Er stand auf dem Gehweg neben seinem Auto, einem DS 21. In der schneidenden Kälte trug er nur ein Jackett und hielt seine Autoschlüssel in der anderen Hand; die vordere Tür des DS war zur Gehwegseite geöffnet. Aimée war gerade wie verrückt angestrampelt gekommen, beinahe wäre sie gegen den Bordstein gefahren, hatte aber im letzten Moment bremsen können; sie war ins Schleudern gekommen, das Hinterrad hatte den Bordstein gestreift, der Vorderreifen war mit einem kurzen, dumpfen Knall an der Stoßstange des DS gelandet. Die junge Frau war von ihrem Gefährt abgesprungen und hatte den Sturz auf einem Bein hüpfend abgefangen. Sie ließ das Rad los, es kippte um und schlug scheppernd auf. Aimées Gesicht war schweißüberströmt. Sie wollte am Kommissar vorbei zum fünfzehn bis zwanzig Meter entfernten Eingang des Polizeireviers. Der Mann packte sie am Oberarm.

«Wohin wollen Sie?»

«Zu den Flics», sagte Aimée zu dem Polizeibeamten. (Sie schüttelte ungeduldig den Kopf.) «Lassen Sie mich durch. Kommen Sie mit. Ich stelle mich den Flics. Ich zeig mich an.»

«Sie sind ja nicht ganz bei sich», bemerkte Fellouque, der sie noch immer festhielt. (Es war 2.30 Uhr. Die Straße war menschenleer. Die großen, auf Nachtbeleuchtung geschalteten Bogenlampen tauchten sie in ein orangefarbenes Dämmerlicht.)

«Das ist doch scheißegal!» (Aimée drehte ihr Gesicht zu dem großen Kopf des Kommissars.) «Was wissen Sie überhaupt? Ich mach sie alle fertig. Ich zeig sie alle an. Die Hunde, die Schweine, die Geier.»

«Wen denn?» fragte Fellouque.

«Sie haben mich dafür bezahlt, den Baron umzubringen», sagte Aimée. «Kommen Sie mit ins Revier, ich lege ein umfassendes Geständnis ab.»

Sie versuchte, sich loszumachen, doch Fellouque hielt sie immer noch fest.

«Wen denn? Wen denn?» wiederholte er leicht weggetreten.

«Alle», sagte Aimée, nannte einige Namen und lachte dann kurz auf. «Alle», wiederholte sie. «All die sauberen Herren.»

Ohne Aimée loszulassen, die zu schwanken schien, beugte sich Kommissar Fellouque vor und holte seinen Mantel aus dem DS 21. Umständlich schlug er die Tür zu. Mit dem Mantel über dem Arm stieß er Aimée mit der anderen Hand von sich, ohne sie loszulassen.

«Lorque und Lenverguez?» fragte er, das waren zwei der Namen, die Aimée gerade genannt hatte. «Sie wollen mitten in der Nacht in einem Polizeirevier in Bléville auftauchen und erklären, daß Lorque und Lenverguez Sie dafür bezahlt haben, einen Mann abzuknallen? Sie sind verrückt.»

«Es ist die Wahrheit», sagte Aimée. «Lassen Sie mich los!»

Sie versetzte dem Kommissar einen Handkantenschlag seitlich an den Hals. Fellouque ließ sie los, wankte zurück. Wenn der DS nicht dagestanden hätte, wäre er hingefallen. Er lehnte mit den Hüften am Wagen und rang mit verzerrtem Gesicht und weit aufgerissenen Augen mühsam nach Luft. Aimée lief auf das Polizeirevier zu.

«Sie rennen denen direkt ins Messer», sagte Fellouque mit ganz schwacher, heiserer Stimme. (Aimée blieb stehen.) «Sie haben nicht begriffen, wie das hier in Bléville läuft. Man wird sie erhängt auffinden. Morgen früh wird man sie erhängt in Ihrer Zelle auffinden.» (Fellouque kam allmählich wieder zu Stimme. Aimée hatte nicht allzu kräftig zugeschlagen. Sie drehte sich unsicher um.) «Sie müssen zum Untersuchungsrichter gehen. Nicht zu den Flics vom Revier. Sie begreifen nichts.»

Er schüttelte den Kopf und seufzte. Er bückte sich mit schmerzverzerrtem Gesicht, um seinen Mantel aufzuheben, der ihm heruntergefallen war. Aimée stand genau in dem Moment vor ihm, als er sich wieder aufrichtete.

«Man muß sie sofort schnappen», sagte Aimée. (Sie sah auf ihre Cartier-Uhr.) «In fünf Minuten erwartet mich der dicke Lorque hinter der Fischhalle. Zwischen 2.40 Uhr und 4.15 Uhr hab ich acht Verabredungen. Sie können sie alle schnappen. Sie haben Schlüssel bei sich, Schlüssel für die automatische Gepäckaufbewahrung. In den Schließfächern liegt Geld. Das ist ein Beweis. Sie können sie alle stellen.»

Fellouque zog sich seinen Mantel über. Er knöpfte ihn nicht zu, packte Aimée wieder am Oberarm.

«Zuerst müssen Sie in Sicherheit gebracht werden», sagte er. (Er war noch etwas heiser und konnte nicht richtig durchatmen.) «Kommen Sie.» (Er zog sie mit. Sie ließ sich mitziehen.) «Sie geben mir schnell ein paar genauere Informationen. Ich hole den Richter. Der Richter und ich werden die dann hochnehmen. Lassen Sie mich nur machen.

Sie wissen nicht, wie das in Bléville läuft. Ich schon.»

Am Ende der Straße, in der sich das Polizeirevier befand, kamen Aimée und Fellouque zum Gelände des Außenhafens. Aimée ließ sich vom Kommissar führen. Auf dem Gesicht der jungen Frau war nichts Besonderes abzulesen. Hin und wieder warf sie einen schrägen Blick auf den Mann, der sie am gestreckten Arm hinter sich her schleppte.

In der Straße, die sich am Kai des Außenhafens entlangzog, war nur noch ein einziges Bistro erleuchtet. Fellouque und Aimée gingen hinein. Das Lokal hatte eine schmale Frontseite und führte sechs bis acht Meter nach hinten. An der rechten Seite war ein roter PVC-Tresen, gegenüber standen vier Tische mit roten PVC-Tischplatten, rote Bänke in Sitzecken und eine nicht eingeschaltete Musikbox. Vor dem Tresen saß auf einem der drei Hocker ein Betrunkener in einem blauen Arbeitsanzug und einer Seemannsjacke, er war über ein Picon-Bier gebeugt, als ob er daraus seine Zukunft abzulesen versuchte. Ein dicker Fünfunddreißigjähriger in Hemdsärmeln saß hinter der Kasse am Tresen und las die Comic-Taschenbuch-Ausgabe von *OSS 117 im Libanon*.

«Guten Abend, Kommissar», sagte er, als er Fellouque sah.

«Guten Abend, Kleiner.»

Fellouque führte Aimée zu einer Sitzecke und

ließ sie Platz nehmen. Der Wirt hatte den Comic weggelegt, war um den Tresen herumgegangen und hatte sich ehrerbietig an die Sitzecke gestellt, während Fellouque sich gegenüber von Aimée setzte.

«Was trinken Sie?» fragte Fellouque.

«Ich hab Hunger», sagte Aimée.

«Haben Sie was zu Essen?» fragte der Kommissar den Wirt. «Ein Sandwich?»

«Brot ist nicht mehr da. Ich hab Gebäck. Na ja, Kekse.»

«Wo bleibt die Musik?» rief der Betrunkene am Tresen.

Aimée bestellte ein Bier, Fellouque eine Viandox. Der dicke junge Mann machte sich hinter dem Tresen zu schaffen. Er kam zurück und stellte ein kleines Slavia und eine große weiße Tasse mit der blauen Aufschrift *Viandox,* die Fleischextraktbrühe enthielt, auf den Tisch. Die linke Wand des Bistros war vollständig verspiegelt. Auf dem Fliesenboden lag Sägemehl.

«Wollen Sie nun das Gebäck?» fragte der Wirt.

Aimée schüttelte den Kopf. Sie dachte an den Baron, der tot in seinem Blut lag. Sie hatte das Licht in dem Zimmer, wo die Leiche war, nicht ausgemacht. Der Kommissar bat sie leise, ihm die Situation noch einmal genauer zu schildern. Sie schilderte sie ihm.

«Mit Lorque und den allen», sagte sie am Ende ihrer Schilderung, «hab ich ein Treffen vereinbart, damit es echt wirkt. Aber ich wollte nicht hingehen. Ich hab Schlüssel für alle Schließfächer. Ich hab Nachschlüssel gemacht. Ich wollte den Zug um 4.35 Uhr nehmen. Vorher hätte ich die ganze Knete, die sie in den Fächern hinterlegt haben, ausgeräumt. Ich hab es zusammengerechnet. Das müßten 200 000 Franc sein. Sie wollten alle, daß ich sie treffe und ihnen die Dokumente gebe, die der Baron über sie angelegt hat, und sie müssen mir dafür die Schließfachschlüssel aushändigen, aber die brauch ich gar nicht.»

«Was haben Sie mit den Dokumenten gemacht?»

«Nichts. Ich hab nicht dran gedacht. Sie sind noch irgendwo dort. Ich weiß nicht.»

«Das regeln wir später», sagte Fellouque. «Jetzt gehe ich erst mal zum Richter. Sie bleiben am besten hier.»

«Wie Sie wollen.»

Fellouque stand auf. Aimée blickte in den Schaum ihres kleinen Bieres, an dem sie noch nicht einmal genippt hatte. Sie lächelte beinahe. Ihre Haare waren durcheinander und klebten in der verschwitzten Stirn. Fellouque klopfte ihr unsicher auf die Schulter und ging zum Tresen.

«He, Kleiner», sagte er leise zum Wirt. (Mit dem Daumen zeigte er über die Schulter zu Aimée, die still dasaß.) «Passen Sie auf sie auf. Ich komme wieder. Sie darf nicht weg.»

«Verstehe.»

Fellouque ging wieder zu Aimée zurück.

«Sie rühren sich hier nicht von der Stelle, hm? Ich komme wieder.»

Aimée nickte. Der Kommissar blieb noch kurz stehen und verließ dann sehr schnell das Lokal. Da trank Aimée plötzlich gierig, ohne abzusetzen, ihr kleines Bier aus. Sie hatte einen Bart aus Schaum. Sie wischte ihn sich mit dem Handrücken weg. Sie pochte mit dem Glas auf den Tisch und winkte dem Wirt. Er hob fragend das Kinn. Sie bestellte noch ein kleines Bier und einen Cognac. Er brachte ihr beides. Sie hatte alles ausgetrunken, bevor er wieder an der Kasse war.

«Dasselbe noch mal», verlangte sie. «Und bringen Sie mir Ihr Scheißgebäck.»

«Sie machen wohl gern Scherze», sagte der Wirt.

«Ja.»

«Das ist doch nicht Ihr Ernst?»

«Mehr oder weniger schon.»

Der Wirt gab auf. Er brachte Aimée ein kleines Bier, einen Cognac, Sandgebäck und einige Stücke Teekuchen in Zellophan. Aimée stopfte das Essen in sich hinein und trank. Sie stand plötzlich auf und stürzte zur Toilette hinten in der Kneipe. Das Stehklosett war verdreckt. Aimée übergab sich. Um sie herum waren die Wände mit überwiegend obszönen Sprüchen vollgekritzelt: *Ich liebe Seeleute mit kräftigen Schenkeln,* hatte ein Homosexueller eingeritzt, der Seeleute mit kräftigen Schenkeln liebte. *Muß das sein?* hatte jemand, wahrscheinlich ein deutscher Tourist oder ein deutscher Matrose, geschrieben. Aimée blieb einen Augenblick auf dem Klosett und wartete ab, ob sie sich wieder übergeben müßte oder nicht. Dann verließ sie die Toilette. Kommissar Fellouque war gerade wieder zurückgekommen und stand reglos mit besorgtem Gesicht mitten im Bistro. Seine Miene hellte sich auf, als er die junge Frau sah.

«Kommen Sie mit», sagte er. (Er drehte sich zu dem dicken Wirt um.) «Schreib mir alles an.» (Er drehte sich wieder zu Aimée.) «Kommen Sie», wiederholte er, «der Richter erwartet uns.»

Aimée folgte dem Kommissar zum Ausgang. Dann standen sie auf dem Gehweg gegenüber vom Hafen in der feuchten kalten Nacht. Fellouque ging auf die Brücken und den Innenhafen zu.

«Wieso wollten Sie sich denn plötzlich selbst anzeigen?» fragte er.

«Ich kann nicht mehr weitermachen», sagte Aimée. «Und dieses Mal kann ich ein halbes Dutzend doofer Arschlöcher mit zu Fall bringen.»

Sie überquerten das Bahngleis, das am Hafen entlangführt, und kamen auf eine Brücke. Sie gingen auf die Fischhalle zu. Diese liegt ja auf einer Art Landzunge zwischen zwei Hafenbecken, dort, wo an deren Spitze die beiden Brücken zusammentrafen, so daß diese Art Halbinsel nur über zwei Zugänge zu erreichen ist, über die Brücken und über die andere Seite von Osten her, die an das französische Festland anschloß. Die Bogenlampen waren auf Nachtbeleuchtung geschaltet und tauchten alles in ein orangefarbenes oder kupferfarbenes Dämmerlicht. In der Einfahrt der Fischhalle entdeckte Aimée in einem dunklen Winkel DiBonas WSK-Motorrad. Aber sie sah nicht, daß in der schmutzigen Straße neben der Fischhalle der tabakbraune Mercedes des dicken Lorque geparkt war und Sonia Lorque angespannt darin wartete. Aimée und Fellouque gingen durch den Hallenbereich.

«Ist der Richter denn hier?» fragte Aimée.

«Was?» meinte Fellouque. «Ja, ja.»

Er bog zu einer Lagerhalle ab. Aimée und er gingen durch eine kleine offene Tür in einem großen Schiebetor auf Rollen. Sie standen im Dunkeln. Fellouque faßte Aimée am Ellenbogen.

«Hier lang», murmelte er. «Achtung, gleich kommen Stufen.»

Im Dunkeln stiegen sie eine Holztreppe hoch. Sie kamen in einen verglasten Raum, der fast wie das Büro eines Hafenmeisters oder ein Kontrollturm am Flughafen aussah. Ringsherum sah man die Bogenlampen und besonders deutlich die einzelnen grellen, weißen Lichter von den Scheinwerfern an den Kais am anderen Ufer der Hafenbecken. Im Halbschatten des verglasten Zimmers standen mehrere Personen, mindestens sieben oder acht. Hinter Aimée machte Kommissar Fellouque die Tür zur Treppe zu und verriegelte sie.

«Kein Licht anmachen», das war Lorques Stimme. «Sonst sitzen wir hier wie im Schaufenster.»

«Ja, nein, in Ordnung», sagte Fellouque.

Aimée trat zwei bis drei Schritte in den verglasten Raum. Sie lächelte hämisch, verächtlich und müde. Gedankenverloren nahm sie die Gesichter der Anwesenden in ihrer unmittelbaren Nähe wahr.

«Ich hatte schon ein bißchen damit gerechnet», bemerkte sie halblaut. (Die anderen schwiegen. Im braunen Dämmerlicht tauschten sie verschämte Blicke aus. Kommissar Fellouque lehnte mit abwesendem Gesichtsausdruck an der verriegelten Tür.) «Sie sind ja schnell zusammengekommen», sagte Aimée.

«Ich habe ein Autotelefon», sagte Lorque. (Er trat einen Schritt auf Aimée zu. Als er sich mit der flachen Hand über die Wange strich, war nichts zu hören, ein Zeichen dafür, daß sich der Mann am Abend noch einmal rasiert hatte.) «Einen glänzenden Schachzug haben Sie sich da ausgedacht. Wirklich kühn. Wir hätten miteinander reden und entdecken können, daß Sie von mehreren Geld bekommen. Ein hübsches Sümmchen erwartet Sie da am Bahnhof.»

«200 000 Franc.»

«Nur 180 000. Unser guter Doktor hat im letzten Moment gekniffen.»

«Ich habe mit all dem nichts zu tun», erklärte Sinistrat mit gekünstelt hoher, zitternder Stimme. «Ich habe heute morgen gegen ein Uhr versucht, Sie anzurufen, um es Ihnen zu sagen, ist aber niemand rangegangen. Ich mache da nicht mehr mit. Der Baron hat nichts... Er hatte jedenfalls nichts gegen mich in der Hand.»

«Sie sind aber ziemlich blaß geworden, Sinistrat, als Sie Ihren Umschlag aufgemacht haben», meinte eine kräftige Stimme, sicherlich der leitende Angestellte Moutet.

«Eine Abtreibungsgeschichte», sagte Sinistrat. «Ist mir scheißegal, wenn das rauskommt. Könnte ich eher noch stolz drauf sein.»

«Es muß aber unangenehme Details geben», brummte Lorque. «Komplikationen oder Geldgeschichten. Denn es stimmt, Sie waren blaß, lieber Doktor; und sind es noch. Doch darum geht es hier nicht. Der Baron wurde in unserem Auftrag umgebracht. Wir hängen alle mit drin.»

«Ich nicht», meinte Sinistrat mit tonloser Stimme. «Ich bin hier nur als Beobachter.»

«Seien Sie still, Sinistrat, Sie fallen uns auf den Wecker», meinte DiBona im Befehlston.

«Allerdings», sagte Lorque. «Und diese komplizierten Zusammenhänge interessieren doch Madame Joubert nicht.» (Er ging noch einen Schritt auf Aimée zu. Die junge Frau konnte nun ganz deutlich die Gesichtszüge des dicken Mannes mit den dunkelbraunen Augenlidern erkennen. Er sah besorgt und übernächtigt aus.) «Ich habe dafür gesorgt, daß die fehlenden zwei Millionen alte Franc mitgebracht werden, sie befinden sich in diesem Raum. Also, Sie können sie nehmen und sich dann zum Bahnhof begeben. Es wird dem Kommissar ein Vergnügen sein, Sie mit dem Auto dorthin zu fahren. Sie können die 180000 Franc aus den Schließfächern holen und mit ihrem dicken Sparschwein in den Zug nach Paris steigen. Da Sie die Dokumente ja nicht mitgenommen haben, sind sie also noch da; der Kommissar wird sich an den Unglücksort begeben müssen, sie während einer ersten Tatbestandsaufnahme an sich nehmen und dann auf einen Unfall mit Todesfolge schließen. Sie haben zwar Ihren Vertrag nicht ganz eingehalten, aber so könnte alles noch eingerenkt werden, wenn Sie wollen. Aber wollen Sie? Ich meinte verstanden zu haben, Sie wollen nicht.»

Ein Streichholz flammte im Dunkeln auf. In seinem Licht erkannte Aimée das ruhige Gesicht von Lenverguez, der sich eine Zigarre anzündete. Dicht vor der jungen Frau senkte Lorque einen Augenblick nachdenklich stumm den Blick. In der Gruppe der Männer hustete jemand und Füße scharrten. Aimée schwieg, denn sie hatte nichts zu sagen.

«Wie dem auch sei», sagte Lorque, «kann man Ihnen jetzt überhaupt noch trauen?»

«Kann man nicht», sagte Aimée.

In dem Raum standen zwei mit Papieren überladene Schreibtische, Aktenschränke aus Metall und zwei Stühle. Aimée packte einen der Stühle, war mit einem Satz auf einem Aktenschrank, hielt den Stuhl vor sich und sprang durch die Scheiben. In einem Sturzbach aus Glasscherben fiel sie aus der ersten Etage und landete auf allen vieren, dabei hielt sie noch immer den Stuhl fest, der beim Aufprall zerbarst und auseinanderfiel. Ein langer Holzsplitter brach vom Sitz ab und bohrte sich in Aimées Unterarm, sie rollte zur Seite, quetschte sich dabei die Schulter und zerdrückte das Glas unter sich. Einen Knöchel hatte sie sich auch etwas verstaucht.

«Nicht schießen, Fellouque!» schrie Lorque.

Aimée stand auf. Im Halbschatten sah sie über sich die an einer Stelle aufgerissenen Glasfronten des Zimmers und die hellen Flecken der Gesichter, die zu ihr heruntersahen. Sie zog den Holzsplitter aus ihrem Arm und humpelte, so schnell sie konnte, in einen dunklen Bereich. Sie verschwand durch einen schmalen Durchgang und stand plötzlich in der schmutzigen Straße hinter der Halle. Sie lief etwa zwanzig Meter auf dieser Straße entlang, stolperte über Haufen mit leeren Muschelschalen. Dann bog sie wieder in einen Durchgang zwischen Lagerhallen ab. Im Dunkeln blieb sie stehen und befühlte ihren Körper. Gebrochen war nichts. Vom Glas hatte sie oberflächliche Schnittwunden an beiden Ellenbogen und an einer Seite des Kopfs. Ihre Kopfhaut blutete, die Wunde, die ihr der Holzsplitter gerissen hatte, ebenfalls. Doch viel Blut verlor sie nicht. Sie hörte jemanden angerannt kommen. Zwei Gestalten liefen keuchend am Ende des Durchgangs, in dem sich die junge Frau versteckte, vorbei und weiter die Straße entlang. Etwas entfernt waren andere Laufgeräusche auf Asphalt zu hören. Kurz darauf war es plötzlich wieder ganz still.

Aimée stand immer noch reglos da. Sie blutete fast nicht mehr. Sie massierte ihren schmerzenden Knöchel und ihre Schulter.

«Madame Joubert!» rief Lorque.

Er war etwa fünfzig Meter entfernt. Er rief nicht sehr laut. Aimée mußte ganz genau hinhören, um ihn zu verstehen.

«Wir wissen, daß Sie hier sind», meinte er. «Sie kommen aus dem Gelände hier nicht raus. Wir haben die beiden Ausgänge besetzt. Noch können Sie sich mit uns einigen.» (Die Stimme kam von wechselnden Stellen. Sie entfernte sich. Lorque hatte offenbar keine Ahnung, wo genau sich die junge Frau aufhielt.) «Wir sind keine Mörder. Wir müssen unbedingt zu einer Einigung gelangen. Antworten Sie mir.»

Eine Weile lamentierte die Stimme noch herum, wurde aber immer undeutlicher. Aimée achtete nicht mehr darauf; sie horchte gespannt auf ein nahes Geräusch. Auf der Straße bewegte sich jemand vorsichtig und kam dem Durchgang immer näher. Aimée tastete lautlos den Boden ab. Sie fand eine Muschel, eine große Muschel, wie eine Jakobsmuschel. Geduckt schlich Aimée zum Ende des Durchgangs. Plötzlich zeichnete sich vor dem Hintergrund der hellen Nacht die Silhouette des Buchhändlers Rougneux ab. Einen Moment blieb er vor dem dunklen Durchgang stehen. Eine elektrische Taschenlampe in seiner Hand ging an, der Lichtstrahl erleuchtete den Gang nur spärlich.

«Sie ist hier!» rief der Mann schrill.

Er wich einen Schritt zurück. Im gleichen Moment schnellte Aimée hoch, sprang drei Schritte vor und ging mit der Muschel auf den Mann los. Obwohl die Muschel nicht scharf war, durchschnitt sie doch Rougneux auf Anhieb die Kehle.

15

Lorque war außer sich.

«Rougneux!» rief er in die helle Nacht. «Haben Sie da eben gerufen?»

Er lauschte, doch niemand antwortete. Lorque stand angespannt und mit halboffenem Mund reglos an seinem Mercedes. Neben ihm wurde die linke Vorderscheibe geräuschlos elektrisch heruntergelassen. Sonia Lorque beugte sich herüber und steckte den Kopf etwas heraus.

«Gib mir den Revolver», sagte ihr Mann. «Mach schon!» forderte er nochmals, als sie ein besorgtes Gesicht machte.

Keineswegs beruhigt wühlte Sonia im Handschuhfach und reichte ihm die Waffe. Das war kein Revolver, sondern eine kleine österreichische 4,25 mm Selbstladepistole mit Perlmuttgriffschalen. Lorque zog seinen Nutriamantel aus, rollte ihn zu einem Ball zusammen und stopfte ihn in den Mercedes, bevor er die kleine Pistole nahm und in die Tasche steckte.

«Mach die Scheibe hoch. Und rühr dich unter keinen Umständen hier weg. Wenn du sie siehst, drück auf die Hupe.»

«Ich flehe dich an», sagte Sonia. «Was habt ihr denn mit ihr vor?»

«Mach die Scheibe hoch», wiederholte der Mann ungeduldig.

Er blickte nach Westen, zum Meer, dorthin, wo die zwei Brücken auf den Hallenbereich führten. Er sah nichts. Die Bogenlampen und andere Scheinwerfer des Hafens vermittelten die trügerische Vorstellung von Helligkeit. Im Grunde war es, als wenn die Luft mit leuchtendem Staub erfüllt wäre. Es war überhaupt nicht dunkel auf der Straße und am Kai, aber man konnte keine fünfzehn Meter weit sehen. Diese Undurchlässigkeit mußte mit der Feuchtigkeit zusammenhängen. Plötzlich tauchte Doktor Sinistrat in dem leuchtenden Staub auf. Er war schweißgebadet. Seine Lippen bebten.

«Haben S-Sie sie g-gefunden?» meinte er.

Lorque schüttelte den Kopf und ging in Richtung Osten. Er hörte, wie Sinistrat ihm schleunigst hinterherkam. Die beiden Männer legten mit kurzen, schnellen Schritten etwa dreißig Meter auf der schmutzigen Straße zurück, bis sie den Körper auf dem Gehweg liegen sahen. Es war Notar Lindquist. Lorque und Sinistrat beugten sich über ihn. Der Mann des Gesetzes war tot. Er hatte keine erkennbaren Verletzungen. Lorque hörte, daß der Arzt neben ihm mit den Zähnen klapperte und roch den Schweiß, den Sinistrat ausströmte. Sinistrat knipste eine Stablampe an und richtete sie suchend auf den einige Meter entfernten Durchgang, der von der Straße zum Kai führte. Er stieß einen dünnen Schrei aus, als er den Körper von Rougneux erblickte, der mit durchschnittener Kehle an der Mauer vor dem Durchgang zusammengesackt war. Lorque und der Arzt stürzten zu der zweiten Leiche.

«Herrg-gott noch m-mal», stammelte Sinistrat. «Womit hat sie das gemacht?»

«Mit irgendwas. Wir haben Scheiße gebaut. Das ist eine echte Killerin. Das hatten wir nicht bedacht. Sie ist wirklich gefährlich. Machen Sie das aus.»

Sinistrat gehorchte. Als die Stablampe erloschen war, schien die Lichtstaubnacht noch undurchdringlicher und bedrohlicher als vorher. Plötzlich hörte man ungefähr fünfzig Meter entfernt ein ziemliches Getöse vom Kai, weil Aimée gerade den Apotheker Tobie angegriffen hatte, aber ihr Angriff danebengegangen war. Der Mann war auf den reichlich unsinnigen Gedanken gekommen, Aimée könnte sich in einem Kühlraum versteckt haben, und hatte eine Tür geöffnet. Ein Spiel der Schatten hatte die junge Frau verwirrt, als sie hinter dem Apotheker stand und ihm einen Genickschlag versetzen wollte. Sie hatte den Schlag zu tief angesetzt. Tobie fiel mit schmerzendem Hals mit dem Gesicht in gekühlten Fisch. Er wälzte sich in dem Haufen, schlug um sich, fuchtelte mit den Fäusten herum und brüllte.

«Hilfe! Hilfe!» schrie er. «Sie ist hier! Sie ist hier!» (Er griff sich absurderweise Fische und fing an, damit nach Aimée zu werfen.) «Ha! Ha! Ha!» brüllte er, von wahnsinnigem Entsetzen gepackt.

Aimée versetzte ihm mit der Fußspitze einen Tritt gegen die Brust; er verstummte und wurde ohnmächtig; sie beugte sich über ihn und tötete ihn rasch; dann ging sie geräuschlos auf den östlichen Bereich des Geländes zu.

Eine Minute später kamen Lorque und Sinistrat vorsichtig in die Nähe des halb geöffneten Kühlraums, in dem der tote Tobie inmitten der Fische lag. Sie wollten herauszufinden, woher der Krach und das Geschrei gekommen waren. Sie schnüffelten einen Augenblick herum. Dann kamen sie auf die Idee, im Kühlraum nachzusehen, und fanden die Leiche des Apothekers.

«Ich kann nicht mehr», erklärte Sinistrat.

Er richtete sich auf und rannte weg.

«Lassen Sie uns zusammenbleiben, stellen Sie sich nicht so blöd an», rief ihm Lorque vergeblich im Befehlston nach.

Der Arzt rannte in die leuchtende Nacht hinaus und verschwand. Lorque holte die kleine österreichische Selbstladepistole aus seiner Tasche und entsicherte sie. Er machte ein bekümmertes, aber gleichzeitig auch gefaßtes Gesicht. Er ging bis zur Mitte des Kais, dann weiter in östlicher Richtung, dabei sah er sich oft um. Er fand Sinistrat neben einem Poller. Er hatte eine Halteleine eines am Kai liegenden Kutters um den Hals gewickelt. Er war damit erdrosselt worden. Als Lorque den Toten betrachtete, bekam der kleine Kutter durch die Flut einen Stoß. Der Bug drehte sich merklich vom Kai weg. Die Leine spannte sich. Sinistrats Körper wurde über den Kai geschleift, kippte dann über und fiel zwischen Kaimauer und Kutter in das Hafenbecken. Lorque hörte, wie der Kopf des Mannes dumpf gegen den Rumpf des kleinen Schiffes schlug. Er schwitzte ein wenig vor Angst, als er seinen Weg in Richtung Osten fortsetzte. Nachdem die Killerin durch die Glasscheiben gesprungen und verschwunden war, hatte Lorque die strategische Leitung der Verfolgung übernommen und sofort Männer zu beiden Ausgängen geschickt. Als er den östlichen Ausgang des Geländes erreichte, die Stelle, wo diese Art Halbinsel ins Festland überging, fand er die dorthin Entsandten, das heißt seinen Geschäftspartner Lenverguez und den Ingenieur Moutet, tot vor. Etwas keuchend machte der dicke Mann mit den dunkelbraunen Lidern kehrt und schritt erneut der Länge nach das Gelände ab, immer genau in der Mitte des Kais, den Finger am Abzug.

Da er vorsichtig ging, brauchte er etwa sieben oder acht Minuten bis zu seinem Wagen. Es versetzte ihm einen Stich ins Herz, als er sah, daß sich im Innern des Fahrzeugs nichts bewegte. Er lief schneller. Eine Scheibe ging herunter, und das besorgte Gesicht von Sonia tauchte auf. Lorque seufzte erleichtert. Sein Herz überschlug sich fast in seinem Brustkorb.

«Hast du nichts gesehen?» fragte der Mann.

«Nein. Habt ihr sie nicht gekriegt?»

«Nein.»

«Sie hat fliehen können.»

«Gelegenheit dazu hatte sie», meinte Lorque zustimmend. «Vielleicht ist sie geflohen. Vielleicht auch nicht. Vielleicht ist sie noch hier irgendwo.»

«Mir wäre es fast lieber, wenn sie geflohen wäre.»

«Mir nicht», sagte Lorque.

«Was macht das schon?» sagte Sonia. «Du bist neunundfünfzig und ein ehrenwerter Mann. Du hast Beziehungen. Du kommst vielleicht für zwei oder drei Jahre ins Gefängnis. Vielleicht nicht einmal so lange. Ich kenn dich, du stehst das durch. Und ich warte auf dich, ich hab Geld beiseite gelegt. Wir gehen in den Süden, wenn du rauskommst. Wir verbringen den Rest unseres Lebens ruhig in Nizza oder Roquebrune.»

«Nein», sagte Lorque wütend. «Nein. Ich will nicht so enden. Ich will nicht nachgeben. Ich will nicht aufgeben und nicht nachgeben.» (Er hielt Sonia die kleine Pistole hin.) «Nimm das. Wenn du sie siehst, drück ab.»

«Du bist verrückt!»

«Nein. Sie hat Sinistrat getötet. Sie hat Henri getötet. Sie hat… Sie ist vollkommen durchgedreht, und sie ist eine Killerin. Ich muß nachsehen, was an den Brücken los ist.»

«Sie hat... Henri Lenverguez...?» (Sonia sprach nicht aus, was sie sagen wollte. Ihre Augen waren aufgerissen.) «Das ist doch nicht wahr?» sagte sie. (Sie schüttelte den Kopf.) «Kann ich mir nicht vorstellen», meinte sie. «Ich werd niemals auf sie schießen können, das ist absurd.»

«Behalt das, um dich zu verteidigen», sagte Lorque. «Ich gehe zu den Brücken.»

«Warte!» rief Sonia, doch ihr Mann verschwand schon im Lichtstaub.

Als er an einer Lagerhalle vorbeikam, zögerte er, ging dann aber hinüber zu dem schweren Tor und rollte es in der Gleitschiene zur Seite. Er knipste die Stablampe an, die er neben Sinistrats Leiche gefunden hatte. Der kräftige weiße Lichtstrahl glitt an aufgestapelten Reusen und Kisten entlang. An einem Gestell hingen große Haken, wie sie Hafenarbeiter und andere Lastenträger benutzen. Lorque griff sich einen Haken. Er schlug seine Jackenschöße hoch und hängte sich den Haken hinten an seinen Krokodilledergürtel, in die Mitte des Rückens. Er machte die Stablampe aus und verließ die Lagerhalle. Er lief zu den Brücken. Der Haken behinderte ihn etwas beim Gehen.

Im nachhinein wurde er plötzlich von seinen Gefühlen übermannt, der Tod seines Geschäftspartners und der anderen, die verrückte Situation, in der er sich befand, machten ihm zu schaffen. Er war in

Schweiß gebadet. Er blieb keuchend stehen. Unwillkürlich rieb er sich den linken Arm, wo er eine Art Muskelschmerz verspürte. Dann rückte er weiter vor.

Er erreichte den westlichen Ausgang des Geländes. Allmählich lichtete sich der Nebel, in dem sich die Umrisse der beweglichen Brücken mit ihrer Mechanik und den Aufbauten abzuzeichnen begannen. In der freien Fläche, wo die beiden Brücken und das Hallengelände zusammentrafen, lag die schmierignasse Straße verlassen da. Lorque kauerte sich an eine Wand. Zu seiner Linken vernahm er einen dumpfen Aufschlag, er mußte kurz nachdenken, um das Geräusch genau einordnen zu können: Jemand war gerade geschmeidig vom Kai auf das Deck eines an der Halle vor Anker liegenden Boots gesprungen. Lorque bewegte sich sehr vorsichtig auf diese Seite zu und betrat mit vorgestrecktem Hals und halboffenem Mund den Kai. Richtig hören konnte er nicht, sein eigenes, etwas beschwerliches Atmen war zu laut. Vom Kai aus sah er auf dem Deck eines kleinen Kutters eine ausgestreckte Gestalt, und eine andere über sie gebeugt. Die gebeugte Gestalt richtete sich auf. Lorque erkannte Kommissar Fellouque. Der Polizist hatte einen Revolver in der Hand. Lorque ging am Kai entlang auf ihn zu.

«Ich bin es», flüsterte er. «Haben Sie sie erwischt?»

Er kam auf gleiche Höhe mit dem Kutter und

mußte sich sehr anstrengen, um auf das Deck zu springen. Fellouque sah ganz verstört aus. Der ausgestreckte Körper zu seinen Füßen war DiBona.

«Er ist krepiert», sagte Fellouque. «Er ist weggegangen, um zu pinkeln.»

«Der Idiot», sagte Lorque.

Fellouque fragte ihn nach dem Stand der Dinge. Lorque sagte ihm, daß Aimée alle anderen umgebracht hatte. Dem Kommissar fiel es offenbar schwer, sich das vorzustellen. Er betrachtete DiBonas Leiche und schüttelte den Kopf.

«Er hat mir vorgeschlagen, Sie fallenzulassen», sagte er nachdenklich. «Kurz, bevor er pinkeln ging, hat er mir vorgeschlagen, Sie sollten mit ihr allein fertigwerden, Sie und die anderen. Währenddessen sollten wir zum Baron gehen und uns die Papiere nehmen, die Dokumente. Ich hab gesagt, daß das idiotisch wäre, sie könnte über die Brücken abhauen, wenn wir da nicht Wache halten. Da hat er vorgeschlagen, daß ich die Brücken bewachen soll, während er zum Baron geht und die Papiere holt. Er sagte, wir beide wären dann die Herren von Bléville. Eine verlockende Vorstellung.»

«Ja, nicht wahr?» meinte Lorque.

Fellouque nickte und ließ den Kopf hängen.

«Na, jetzt stellt sich die Frage ja nicht mehr.» (In der Stimme des Polizisten klang ein Anflug von Bedauern und Müdigkeit mit.) «Glauben Sie wirklich, daß sie noch auf dem Gelände ist?» fragte er und nahm dabei den Kopf wieder hoch.

Lorque öffnete den Mund und wollte antworten. Da kam oben vom Kai eine Drahtseilschlinge geflogen und fiel dem Kommissar auf die Schultern. Sofort wurde die Schlinge zugezogen und legte sich um den Hals des Polizisten.

«Oh, nein, nein, nein», schrie der Mann zutiefst erschrocken und verzweifelt.

Jemand zerrte heftig an dem Seil. Der Kommissar ging mit den Bewegungen mit, machte drei Schritte auf dem Deck des Kutters und fiel dann zwischen das Schiff und den Kai. Das gespannte Seil fing seinen Fall in halber Höhe ab, so daß er nur bis zu den Waden in das mit Öl und Abfällen verschmutzte Wasser tauchte. Der Mann ließ seinen Revolver los, der im Hafenbecken versank, und griff sich mit beiden Händen an den Hals. Ein Röcheln kam aus seinem offenen Mund. Panisch bückte sich Lorque, um den Polizisten unter den Armen zu packen und hochzuziehen, doch in dem Moment entspannte sich das Seil etwas, und Fellouque fiel ganz ins Wasser. Immer noch röchelnd, klammerte er sich an den Rumpf des Kutters und versuchte, wieder an Bord zu klettern. Lorque hielt ihm die Hand hin. Gleichzeitig blickte der Mann mit den dunkelbraunen Lidern entsetzt hoch zum Kai, wo sich das Drahtseil in der leuchtenden Nacht verlor. Doch er sah niemanden.

An Lorques Hand geklammert, gelang es Fellouque fast, wieder auf das Fischerboot zu klettern. In dem Moment lief irgendwo auf dem Kai mit Getöse ein Elektromotor an. Der Kommissar begriff, was passieren würde und jaulte entsetzt auf. Er war ohnehin verloren, denn das Drahtseil hatte ihm den Hals zerschnitten, und Lorque sah mit Grauen, daß dem Mann Blut aus der Halsschlagader schoß und sich überall verbreitete. Dann erledigte der elektrische Flaschenzug am Kai seine Arbeit. Das Seil und die Schlinge spannten sich. Kommissar Fellouque erhob sich in die Lüfte und zappelte mit den Beinen. Als er erhängt und zur Ader gelassen drei oder vier Meter über dem Kutter baumelte, zappelten seine Beine nicht mehr, und Aimée schaltete den Motor des Flaschenzugs ab. Im Laufschritt zog sie sich vom Kai zurück und bezog Stellung in einem Raum der Halle, der einen Eingang zum Kai und einen anderen zu der schmutzigen Straße hatte, wo der Mercedes geparkt war.

Im Dunkeln war die Frau nicht zu erkennen. Wenn sie zu sehen gewesen wäre, hätte sie keinen erfreulichen Anblick geboten; oder vielleicht hätte sie doch einen erfreulichen Anblick geboten; das ist eine Frage des Geschmacks. Ihre Frisur war zerzaust. Die blonden, verschwitzten Haare klebten ihr am Kopf und hingen in feuchten Strähnen in die Stirn und den Nacken, wie bei Frauen, die stundenlang heiß geliebt haben. Wie Lack glänzten die verkrusteten Blutspuren an ihren Ellenbogen, an einer Seite des Kopfes und den gesamten Unterarmen. Ihre lange Strickjacke war stellenweise mit Staub, Öl und Fischabfällen beschmutzt. Ihre Seidenbluse hatte Blutflecken und war links in der Rippengegend leicht eingerissen. Sie hatte eine schwarzverschmierte Nase. Sie vernahm Lorques Stimme.

«Hören wir damit auf!» schrie der dicke Mann mit den dunkelbraunen Augenlidern. «Nur ich bin noch übrig. Sagen Sie mir, wo Sie sind. Ich werde nicht die ganze Nacht damit verbringen, Sie zu suchen.»

Aimée lehnte sich etwas vor, so daß sie durch die Toreinfahrt zur Kaiseite Lorque sehen konnte, der vom Kutter zurück auf die Halbinsel geklettert war, und mit herunterhängenden Armen auf dem Zementboden brüllend hin und her lief.

«Ist mir scheißegal», schrie er. «Wenn Sie mir nicht sagen, wo Sie sind, gehe ich. Vielleicht amüsiert Sie das Versteckspiel. Aber mir reicht's. Ich bin neunundfünfzig. Ich bin für solche Spiele zu alt. Da kann kommen, was will, ist mir scheißegal, ich hau jetzt ab, ich sitze ein paar Jahre Knast ab, was ist schon dabei!»

Er redete nicht weiter, wartete einen Augenblick, zuckte mit den Schultern, machte kehrt.

«Hier bin ich!» rief Aimée.

Lorque blieb stehen und drehte den Kopf nach allen Seiten, versuchte herauszufinden, woher die Stimme gekommen war. Er massierte sich den linken Arm und verzerrte dabei das Gesicht. Er ging zwei, drei Schritte von Aimée weg.

«Kalt!» rief Aimée.

Lorque hielt wieder inne. Sofort machte er kehrt und drei zögernde, große Schritte.

«Jetzt wird's wärmer!» rief Aimée. (Sie gluckste zufrieden.)

Lorque ging auf die Toreinfahrt zu, durch die sie ihn kommen sah. Er blieb nochmals stehen, als er auf der Schwelle angelangt war.

«Ganz heiß», sagte Aimée.

«Ich bin unbewaffnet», sagte Lorque. «Ich will mit Ihnen reden. Hören Sie, ich hab den Tod nicht verdient. Was hab ich denn getan? Doch bloß einer ganz natürlichen menschlichen Neigung nachgegeben. Und selbst wenn. Wir sind ja geradezu Waisenknaben im Vergleich zu unseren Vorfahren. Die Plünderung von Cartagena, sagt Ihnen das nichts? Kühne Seeleute aus Bléville waren da drüben dabei, nicht beim ersten Mal, das erste Mal war es Sir Francis Drake, aber bei der zweiten, als die Franzosen es eingenommen haben. Was auch immer ich angestellt haben mag, ist nichts im Vergleich zu der Plünderung von Cartagena. Hab halt ein bißchen am Atlantikwall für die Deutschen geschuftet, eine Weile in Südamerika abgewartet, bis Gras über die Sache gewachsen war, bin zurückgekommen, hab Arbeitern Lohn und Brot gegeben, Gelände erschlossen, mein Schäfchen mit ganz gängigen Mitteln ins trockene gebracht. Sagen Sie mir, was von dem, was ich gemacht hab, oder was der Baron in seinen Akten hatte, ist irgendwie außergewöhnlich oder wirklich ein Verbrechen, sagen Sie es mir!»

«Ich hab die Akten des Barons nicht gelesen», sagte Aimée. (Lorque stand verkrampft da und lauschte angestrengt. Er wollte anscheinend genau herausfinden, woher die Stimme der jungen Frau kam.) «Ist mir doch scheißegal», sagte sie noch. «Meinen Sie etwa, Ihre Verbrechen und Vergehen interessieren mich? Sie machen wohl Witze!»

Nachdem er herausgefunden hatte, woher Aimées Stimme kam, schaltete Lorque seine Stablampe ein. Der Lichtstrahl fiel auf Aimée, die dasaß und lachte. Der dicke Mann mit den dunkelbraunen Augenlidern faßte mit einer Hand an seinen Rücken, schien an seiner Hose zu nesteln. Plötzlich schwenkte er den Fischerhaken und stürzte sich brüllend auf Aimée.

Er ließ den Haken wie ein Beil niederschnellen. Das kam ziemlich überraschend, Aimée konnte nicht schnell genug ausweichen. Der Haken bohrte sich in ihre Schulter. Beim Aufschlag rutschte Lorque der Haken aus der schwitzigen Hand. Der Mann fiel auf ein Knie, während Aimée einen Schmerzensschrei ausstieß und gegen eine Wand sank, den Haken noch immer in der Schulter. Blut strömte aus der Wunde und lief ihr auf der Seite über den gesamten Oberkörper.

«Dummes, mieses Arschloch», sagte sie. «Sie haben mich verletzt.»

Sie schwankte. Sie sah Lorque an, der noch immer auf einem Bein kniete. Er war bleich und biß sich auf die Lippen. Mit zwei Händen hielt er sich die linke Brustseite. Er keuchte.

«Meine Pumpe», sagte er. «Meine Pumpe.»

Er quälte sich wieder auf die Beine. Er bewegte sich auf das andere Ende des Raums zu, hielt sich immer noch die Brust. Er keuchte und stöhnte. Er verließ den Raum durch das Tor, das auf die schmutzige Straße führte. Es schien ihm sehr schwerzufallen, ein Bein vor das andere zu setzen. Aimée ging lässig hinter ihm her. Die junge Frau war auf einer Seite bis hinunter zum Knöchel blutüberströmt. Als sie durch das Tor ging, mußte sie sich abstützen, sie klammerte sich mit einer Hand am Rahmenpfosten. Sie riß sich den Haken aus der Schulter und warf ihn aufs Pflaster, wo er klirrend aufschlug. Die Wunde begann noch stärker zu bluten. Der Tag lag zwar noch in weiter Ferne, doch ein bläulich schimmernder Horizont ließ den kommenden Morgen bereits erahnen. Lorque schleppte sich langsam zu dem Mercedes zu. Aimée folgte ihm.

«Sonia!» rief Lorque. «Sonia! Ein Infarkt!»

Da er nicht mehr kontrolliert sprechen konnte, hörte es sich fast so an, als ob er damit prahlen, es triumphierend sagen würde. Er stieß einen gellenden Schrei aus, die Beine knickten ihm ein, er fiel auf den Asphalt, wälzte sich in den schmutzigen Muschelschalen und starb.

Sich ebenfalls nur noch dahinschleppend, erreichte Aimée den am Boden Liegenden und überzeugte sich davon, daß der Mann tot war. Da gingen die Scheinwerfer des Mercedes an. Aimée wurde von dem gelben Licht angestrahlt. Verblüfft blieb sie stehen. Sie hörte, wie sich eine Tür des schweren Wagens öffnete, dann erschien Sonia Lorque mit der kleinen österreichischen Pistole in der Hand in dem gelben Licht. Die Frau ging auf Aimée zu. Das Gesicht tränenüberströmt.

«Ist er tot?» fragte sie.

«Ja», sagte Aimée. «Er ist tot.»

«Miststück», sagte Sonia Lorque.

Aimée streckte Sonia die Handflächen entgegen, als ob sie sie zurückdrängen wollte.

«Bitte», sagte Aimée. «Bitte. Hau ab. Ich hab nur mit den dummen Arschlöchern was zu regeln. Gegen dich hab ich nichts. Du kannst nichts dafür. Jetzt ist es vorbei. Bitte hau ab.»

«Aber ich hab was mit dir zu regeln», sagte Sonia. «Du Luder!» schrie sie. (Sie zielte mit der kleinen Pistole auf Aimée, schoß aber weit daneben. Es war eine sehr primitive Waffe mit sehr kurzem Lauf. Da konnte man keine Präzision erwarten.) «Konntest du uns nicht in Ruhe lassen?» schrie Sonia Aimée an. «Ist mir doch scheißegal, was er war. Ich hab ihn geliebt. Ich hab ihn geliebt. Verfluchte Schlampe.» (Sonia schoß noch einmal. Sie war jetzt nur drei Meter von der knienden Aimée entfernt. Die kleinkalibrige Kugel traf Aimée genau in die Brust. Aimée kippte nach hinten. Ihr Hinterkopf schlug dumpf auf die Straße.) «Das geschieht dir recht, du Miststück», meinte Sonia Lorque. «Ich hab meinen Mann geliebt, er war mein Leben.» (Sie setzte die kleine Waffe über ihrem Auge auf und schoß sich das Hirn weg.)

16

Der Schuß aus der kleinen Selbstladepistole hörte sich an wie ein Peitschenknall. Sonia ging einen Schritt rückwärts und fiel gegen die Motorhaube des Mercedes, prallte dort ab. Sie brach zusammen. Arme und Beine zuckten noch zehn oder zwanzig Sekunden, dann war es vorbei. Etwa drei Minuten blieb alles still. Es war ungefähr 4.05 Uhr. Aimée bewegte sich am Boden; dann richtete sie sich auf. Sie saß steif da, mit geradem Oberkörper, wankte, mußte sich mit den Armen nach hinten abstützen.

Neben der jungen Frau lag Lorques Leiche, etwas weiter weg die von Sonia. Aimée stand auf, torkelte zum Mercedes und machte die Scheinwerfer aus. In der allmählich grau werdenden Nacht sah sie auf der einen Seite das Hafenbecken und die am Kai liegenden Kutter, dahinter Bléville, wo die ehrbaren Leute schliefen; und auf der anderen Seite das andere Hafenbecken und den Hang, auf dem sich die Arbeitervorstädte erstrecken, mit ihren Straßen mit

Namen wie Jean Jaurès, Gagarin, Libération. Aimée stieg in den Mercedes. Der Schlüssel steckte. Sie startete. Immerzu fiel ihr der Kopf wie Ballast baumelnd nach vorn. Trotzdem gelang es ihr, den Hallenbereich zu verlassen, sie fuhr über eine Brücke, den Hang hinauf, durchquerte die Vorstädte, wo die Arbeiter EINEN KURZEN AUGENBLICK NOCH schliefen und nahm den Weg nach Norden. Auf einer Seite war ihr Körper und ihre Kleidung völlig blutverschmiert. Das kleine Loch von der 4,25mm-Kugel in Brusthöhe auf der anderen Seite blutete nicht. Die junge Frau schien die 180 000 Franc aus den Gepäckschließfächern und den Zug nach Paris vergessen zu haben. Sie fuhr sieben oder acht Kilometer nach Norden, wurde dann für ein paar Sekunden ohnmächtig. Das genügte, daß der Mercedes von der Fahrbahn abkam. Als sie aus ihrer kurzen Betäubung erwachte, war es zu spät, um wieder geradezulenken. Sie bremste mit ganzer Kraft, stand auf dem Bremspedal. Doch ein Rad des schweren Wagens fuhr in den Graben, der Mercedes stellte sich quer, schlitterte, riß Gras und Erde mit, prallte dann gegen einen Baum. Chassis und Karosserie wurden in der Mitte eingedrückt. Aimée schlug mit dem Kopf an den Türrahmen. Da sie husten mußte, blieb sie eine Weile in dem Wrack. Dann stieg sie aus dem Unfallwagen. Ein Feldweg ging zehn Meter seitlich von der Straße ab. Aimée hinkte dorthin. Allmählich kam der Morgen. Aimées Schläfen pulsierten. Und dann, ich weiß nicht, ob diese Vision zustandekam, weil Aimée so blutüberströmt war oder vielleicht aus einem anderen Grund, nach einer Weile schien mir, daß sie nun ein scharlachrotes Kleid trug, ein Abendkleid, mit Pailletten besetzt vielleicht; und es erstrahlte goldenes Morgenlicht; auf hohen Schuhen erklomm die unverletzte, wunderschöne Aimée in ihrem scharlachroten Abendkleid leichtfüßig einen verschneiten Hang, der den Hängen des Mont Blanc ähnelte. SINNLICHE UND PHILOSOPHISCHE FRAUEN, AN EUCH WENDE ICH MICH.

Clamart, Menton; 1976, 1977.

In der Reihe «auf abwegen» sind bisher erschienen:

Jean-Patrick Manchette
Volles Leichenhaus
ISBN 3-923208-43-X

Jean-Patrick Manchette
Knüppeldick
ISBN 3-923208-44-8

Jean-Bernard Pouy
Die Schöne von Fontenay
ISBN 3-923208-48-0

Jean-Bernard Pouy
Larchmütz 5632
ISBN 3-923208-45-6

Chantal Pelletier
Eros und Thalasso
ISBN 3-923208-46-4

Serge Preuss
Einverständnis vorausgesetzt
ISBN 3-923208-50-2

Laurence Démonio
Eine Art Engel
ISBN 3-923208-40-5

Jordi Sierra i Fabra
Tod in Havanna
ISBN3-923208-42-1

Roberto Estrada Bourgeois
Ein Modigliani aus Kuba
ISBN 3-923208-39-1

August Gödecke
Die Pest der Gewalt
ISBN 3-923208-41-3

In Vorbereitung:

Jean-Patrick Manchette
Blutprinzessin
ISBN 3-923208-49-9

Jean-Bernard Pouy
Jagd auf kleine Engel
ISBN 3-923208-57-X

Chantal Pelletier
Der Bocksgesang
ISBN 3-923208-53-7

Sylvie Granotier
Dodo
ISBN 3-923208-54-5

Pascale Fonteneau
Die verlorenen Söhne der Sylvie Derijke
ISBN 3-923208-52-9

Thierry Jonquet
Die Goldgräber
ISBN 3-923208-51-0